DU MÊME AUTEUR

Aux Éditions Gallimard

LES FEMMES DE SAN STEFANO, *roman*, 1995. Prix François Mauriac.

LA CHAMBRE DES DÉFUNTS, *roman*, 1999.

LA FUITE AUX AGRIATES, *roman*, 2000 (« Folio », *n° 3713*).

LE PARADOXE DE L'ORDRE, 2002 (« hors série Connaissance »).

LA PRINCESSE DE MANTOUE, 2002. Grand Prix du Roman de l'Académie française 2002. (« Folio », *n° 4020*).

LA CHASSE DE NUIT, 2004, *roman* (« Folio », *n° 4289*).

LUCY DE SYRACUSE, *roman*, 2006 (« Folio », *n° 4629*).

LA CADILLAC
DES MONTADORI

MARIE FERRANTI

LA CADILLAC DES MONTADORI

roman

nrf

GALLIMARD

On était dans les premiers jours de juillet. C'était le début de la canicule. Une brume d'un blanc sale cachait la cime des montagnes et noyait les lointains. Sandro Riucci quitta la ville pour se rendre chez le vieux Montadori, qui était à l'agonie.

Il suivit la route de la lagune et longea l'étang. L'eau était vert sombre ; les reflets des roseaux y faisaient des taches noires. La route était déserte. Des oiseaux, effrayés par le bruit du moteur, prirent leur envol. Sandro les suivit des yeux jusqu'à ce qu'ils disparaissent derrière les arbres. De l'autre côté de l'étang, un ciel laiteux se mêlait au bleu pâle de la mer.

Un an plus tôt, avec Adriana, il venait ici presque tous les jours. Il garait la voiture au bord de la route et ils allaient à pied, à travers la pinède, jusqu'à la plage. Ils entendaient de loin la rumeur de la mer. Les aiguilles de pin craquaient sous leurs pas ; une odeur de résine, âcre et entêtante, flottait dans l'air.

À l'approche du rivage, le bruit de la mer grossissait ; ils la découvraient par-delà les dunes. Ils se promenaient sur cette grande plage grise et désertée d'où l'on voit les immeubles sans balcon, aux fenêtres étroites, qui bordent la ville et l'enserrent comme une gangue. L'horizon était vide, rien n'arrêtait le regard. Ils s'asseyaient sur des troncs d'arbres secs, au bois doux et blond, poli par la mer.

Le fracas des vagues couvrait leur voix, leurs paroles se perdaient dans le vent. À la tombée du jour, l'air fraîchissait, la mer prenait une teinte violette, l'ombre des pins se faisait presque menaçante. Adriana se blottissait contre Sandro. Elle lui donnait des baisers rapides, ses yeux bruns brillaient comme ceux d'un petit animal, elle prenait sa main, et alors Sandro était heureux.

Sa vie avait changé depuis qu'il avait connu Adriana. Avant elle, il n'avait jamais eu de liaison sérieuse. À presque trente ans, il n'était pas encore marié, alors que tous ses amis l'étaient. Sa haute taille et ses yeux gris, qui le faisaient ressembler à un Nordique, impressionnaient les jeunes filles ; sa mauvaise réputation leur faisait peur. Sandro n'avait connu que des aventures sans lendemain et, jusqu'à ce qu'il voie Adriana, cela le contentait.

Elle était arrivée au quartier de la Marine au printemps de l'année précédente. C'était la plus belle fille qu'il avait jamais vue. La peau hâlée par le soleil, longue, mince, les pieds nus dans des sandales, elle portait des pantalons serrés et courts, d'un bleu délavé, et une chemise d'homme qu'elle nouait à la taille. De ses cheveux très noirs, elle faisait une tresse qui tombait jusqu'aux reins. Sandro admirait sa démarche, les épaules droites, le regard fixe, son air espagnol, comme il disait.

Il se renseigna auprès de Joseph, un jeune garçon, qui passait son temps à traîner dans la rue. Il ne fut pas long à tout savoir. La jeune fille venait d'emménager avec ses parents. Ils arrivaient du sud de l'île. Le père était manœuvre et avait travaillé un mois ou deux pour Murtizi, mais il était de nouveau au chômage. Sa mère, personne ne la connaissait. On l'avait aperçue le jour de son arrivée et on ne l'avait plus revue. La fille se prénommait Adriana et semblait un peu bizarre.

« C'est une étrangère. J'en sais pas plus, dit Joseph.

— Quel âge elle a ? dit Sandro.

— Elle a l'air plus vieille que moi, elle a au moins dix-huit ans », dit Joseph en empochant l'argent que Sandro lui tendait.

Adriana n'avait pas quinze ans.

Il passait son temps à l'épier. Quand elle le croisait, Adriana lui coulait de longs regards. Un soir, il la laissa le dépasser et l'appela : « Adriana ! » Elle se retourna et l'attendit. Arrivé à sa hauteur, il bredouilla : « C'est Joseph qui m'a dit ton nom. Moi, je m'appelle Sandro.

— Je sais », dit-elle.

Du bout du pied, elle s'amusait à enlever les petites pierres coincées dans la rainure des pavés disjoints.

« J'ai une voiture. On peut faire un tour, si tu veux », dit Sandro.

Elle ne répondit pas.

« Alors ? » dit Sandro à voix basse.

Elle leva les yeux vers lui.

« D'accord. Mais je ne peux pas rester longtemps. »

Elle avait une voix grave où se mêlaient encore des intonations enfantines. Sandro avait la gorge nouée. Il restait devant Adriana, sans rien dire, comme s'il ne l'avait pas entendue.

« Allons-y maintenant, dit-elle. Je ne voudrais pas me mettre en retard. »

Il avait craint tout à coup qu'elle soit comme les autres filles qu'il avait connues. Adriana n'était pas fardée, mais elle avait les ongles peints et cela lui déplut. Il faillit renoncer, mais il se dit qu'il serait idiot de ne pas profiter de l'occasion. Ils allèrent sur la route du front de mer. Quand il la raccompagna, il essaya de l'embrasser. Elle se détourna : « Il faut que je rentre. Il est tard. »

Ils se virent tous les jours.

Ils se retrouvaient aux abords de la ville, près du grand cimetière qui fait face à la mer. Ils allaient à la plage. Adriana se laissait embrasser, mais refusait d'aller plus loin. Chaque soir, Sandro se promettait de la quitter, mais il revenait le lendemain et l'attendait, inquiet du moindre retard. Il passait ses nuits à boire, rentrait à l'aube, abruti d'alcool, ensauvagé par le désir d'Adriana, qui l'obsédait.

Un soir, à la fin de l'été, Adriana dit à Sandro : « Épouse-moi.

— Oui », dit Sandro.

Il la connaissait depuis trois mois. Il l'emmena dans le petit appartement qu'il occupait sur le Vieux-Port. Ils s'aimèrent dans la pénombre, en silence, à la hâte.

Personne n'avait compris que Sandro Riucci, qui était connu pour une certaine sauvagerie de caractère et passait pour ne pas aimer les étrangers, tombe amoureux d'une fille qui avait la moitié de son âge, dont on ne savait presque rien, et qui, l'été, ressemblait à une négresse tant sa peau était noire. On avait d'abord cru qu'il profitait d'elle parce qu'elle était sans famille, pour ainsi dire, ce qu'il n'aurait pas pu faire avec d'autres jeunes filles qui avaient un père ou des frères plus vigilants mais, quand il annonça son mariage, la stupeur succéda à l'étonnement.

Ses amis tentèrent de le dissuader de commettre une telle folie. Rien n'y fit.

« Je ferais n'importe quoi pour cette fille », dit Sandro à Paul Léandri.

Celui-ci regretta de ne pas l'avoir convaincu de renoncer à Adriana.

« Il fait son malheur, avait-il dit à André Squerci.

– Nous n'y pouvons rien, avait rétorqué l'autre. Ni toi ni personne. »

Sandro rencontra les parents d'Adriana. Sa mère, une grande femme au teint olivâtre, avait des yeux noirs et luisants comme ceux d'un renard. Elle se tenait derrière son mari sans parler.

« Elle a honte, dit Adriana, une fois qu'ils se retrouvèrent seuls. Elle ne sort jamais. Elle ne parle pas bien le français. Elle ne sait ni lire ni écrire.

— Et toi ? dit Sandro.

— Moi, je suis allée à l'école. J'ai appris.

— De toute façon, ça m'est égal que tu saches ou non », dit Sandro.

Pour la forme, le père d'Adriana avait demandé quelques jours de réflexion. Quand Sandro lui promit de lui donner une petite somme d'argent tous les mois, il fut tout à fait convaincu qu'il était le mari qu'il fallait à sa fille et l'accepta pour gendre. Sandro n'avait pas un travail régulier, mais il avait une voiture et un petit appartement, hérité de sa mère, qu'il louait. Lui-même était logé par Jean Montadori. En échange, il récupérait l'argent du loyer des autres locataires de son immeuble.

Peu de temps avant le mariage, Adriana avait voulu connaître ses amis. Sandro avait refusé.

« Tu es jaloux ?

— Je me méfie, dit Sandro.

— Pas moi ! Pourtant je ne sais pas ce que tu fais de tes journées. Tu n'as pas un travail ?

— Si j'avais voulu, le vieux Montadori m'en aurait trouvé un, comme il l'avait fait pour mon père. Mais je préfère me débrouiller seul.

— Qu'est-ce que tu fais alors ?

— Je me débrouille. Je te l'ai dit. Pour le reste, ce n'est pas tes affaires.

— Qu'est-ce qu'il faisait, ton père ?

— Il travaillait à la mairie.

— J'aimerais bien que mon père travaille à la mairie. Le pauvre, il n'arrive pas à garder un emploi.

— On ne prend pas les étrangers à la mairie.

— Ce n'est pas un étranger ! Qu'est-ce que tu racontes ?

— C'est ce qu'on dit partout, dit Sandro.

— On dit n'importe quoi dans cette ville. Ma mère a raison. Je comprends pourquoi tu ne veux pas me présenter à tes amis, dit Adriana, les yeux pleins de larmes.

— Ne parlons plus de ces choses », dit Sandro doucement.

Il épousa Adriana un jour de semaine, au mois de mai. Comme elle n'avait pas l'âge requis, ils durent demander une dispense. La mère refusa d'assister au mariage, car le mois de mai est consacré à la Vierge. Elle prédit à sa fille que ça leur porterait malheur. Adriana se garda de le répéter à Sandro. Paul Léandri et André Squerci servirent de témoins au marié.

Le jour du mariage, rien ne distinguait la façade décrépie et lépreuse de l'immeuble où habitait Adriana des immeubles voisins. Le porche n'avait pas été décoré d'œillets blancs, d'oranges, de branches de buis et de laurier, comme le veut la coutume.

Sandro, accompagné de Paul Léandri et d'André Squerci, attendait la mariée au bas de chez elle. Comme Adriana descendait l'escalier, dans le contre-jour, on ne distingua d'abord que le jupon moussu dont la blancheur se détachait dans l'obscurité, puis le ruban de soie des ballerines, qui croisait sur le haut du pied et s'enroulait autour de la cheville. Quand Adriana apparut dans la lumière — une guirlande de fleurs ceignait son front et un voile de tulle court cachait le haut de son visage — André Squerci lui dit : « Tu es très belle. » Sandro ne dit rien. Il s'était mis à l'écart.

Le père les rejoignit à son tour. La mère appela Adriana. Sa voix résonna dans la cage d'escalier. Sandro la vit qui levait le bras en guise d'adieu. Quand elle l'aperçut, elle s'effaça dans l'ombre et referma la porte.

Ils firent à pied le chemin qui sépare le quartier de la Marine de celui de Saint-Jean.

Ils coupèrent à travers un lacis de ruelles pour éviter les quais. Adriana marchait vite, flanquée de son père et de Sandro. Tous deux portaient un costume et une cravate sombres. Derrière eux, André Squerci et Paul Léandri marchaient plus lentement, vêtus de noir, eux aussi. Ils arrivèrent sur la place du marché. Elle était encombrée des étals des commerçants. À côté des camions, les cageots de légumes vides s'entassaient. Les clients n'étaient pas nombreux. Quelques Arabes vendaient des épices, des tissus, assis à même le sol, leur marchandise disposée devant eux, sur un tapis. Ils levèrent les yeux au passage du cortège des mariés. Sandro s'arrêta, grommela quelque chose, mais André le poussa du coude et ils poursuivirent leur chemin jusqu'à la mairie.

La salle des mariages était à peine éclairée. Ils prirent place sur des chaises de velours rouge. L'endroit était humide et sentait le moisi. Ils attendirent longtemps et faillirent être en retard pour l'église. Le clocher de Saint-Jean sonnait quatre heures quand ils sortirent.

Enserrée entre deux ruelles obscures, qui s'étaient bâties à l'abri de ses hautes murailles, la cathédrale semblait une forteresse. Le clocher, surmonté d'une croix, se détachait dans le ciel bleu, comme un signe éphémère et charbonneux, et rajoutait encore à la massivité des grandes pierres jaunes, rongées par la moisissure, des arcs-boutants, qui soutenaient le bâtiment de chaque côté, comme de grandes ailes pétrifiées. Ils pénétrèrent dans l'église par une petite porte latérale. Tout était silencieux et sombre. Personne n'osait parler. Sandro plongea la main dans le bénitier et se signa. Tous l'imitèrent. Ils traversèrent la nef et s'avancèrent jusqu'à l'autel, qui était fleuri de roses blanches. Paul Léandri dit à l'oreille de Sandro que c'était un cadeau du vieux Montadori et lui remit aussi une enveloppe de sa part. Sandro la mit dans sa poche sans l'ouvrir et dit à Paul Léandri de le remercier. À cette époque,

Jean Montadori était déjà malade et ne sortait plus de chez lui.

Le curé avait allumé les bougies électriques de l'autel. La cérémonie fut brève. À la sortie de l'église, Sandro les avait invités à boire dans une cantine de pêcheurs. On avait servi du muscat en l'honneur des mariés et à six heures, on s'était séparé.

Adriana était retournée chez elle se changer et prendre ses affaires, Sandro l'avait attendue au pied de l'immeuble ; ils avaient fait une balade en voiture, en dehors de la ville et ils étaient rentrés à la tombée de la nuit, comme d'habitude.

Il y avait longtemps que Sandro n'avait plus éprouvé la paix qu'il éprouvait au bord de la mer avec Adriana. Je vieillis et je suis fatigué, pensa-t-il, et cela le rendait morose et amer.

Le paysage défilait, mais il ne le voyait plus. Il n'était pas rentré chez lui depuis la veille. Il avait bu toute la nuit et il était excédé de fatigue. Il sentit poindre une douleur qu'il connaissait bien. Il avait la nuque raide, des picotements sous les paupières. Il ouvrit la boîte à gants, prit une fiasque d'eau-de-vie et en but une gorgée. L'alcool lui fit du bien, lui ôta cette tristesse qui le prenait désormais, quand il pensait à Adriana. Il but encore une gorgée, alluma la radio. On jouait *Strangers in the night.* C'était la chanson préférée de son père. « Des étrangers dans la nuit, nous ne valons guère mieux, nous autres », avait-il coutume de dire. On l'avait surnommé l'Américain à cause de son engouement pour cette musique et, parfois, même lui, Sandro, on l'appelait le fils de l'Américain, bien que son père soit mort depuis longtemps.

Sandro n'était allé qu'une seule fois dans cette grande maison des Montadori, que tout le monde appelait la Villa. C'était pour le mariage d'Hélène, la nièce de Jean Montadori, quatre ou cinq ans plus tôt. On la disait divorcée depuis et brouillée avec son oncle, mais alors toute la ville avait été conviée à la noce. Le soir du mariage, on avait fait un chemin lumineux qui se voyait depuis la plaine. Sandro était venu de nuit et ne reconnaissait rien du paysage qu'il avait sous les yeux. Il voulut boire encore pour se donner du courage, mais l'odeur de l'alcool l'écœura. Il accéléra et faillit manquer l'embranchement qui conduisait à la villa. Il jura, donna un coup de frein et prit une route étroite, qui serpentait dans la colline.

Son père disait que la colline appartenait aux Montadori depuis toujours, mais c'est Jean Montadori qui avait quitté la ville et y habitait depuis le milieu des années soixante.

Héritier d'une vieille famille, qui avait perdu de son lustre au fil des ans, il avait voulu relever ces ruines. Il y était parvenu en moins de vingt ans. Son nom lui avait ouvert toutes les portes ; une générosité méthodique avait fait le reste. Beaucoup étaient à sa botte ; ceux qui ne l'étaient pas cherchaient à l'être ; quant aux autres, ils n'avaient plus qu'à se taire. Sa réussite fulgurante, l'ancienneté de son nom interdirent bientôt la moindre contestation.

« Faute d'ennemis, disait l'Américain, non sans ironie, il a des amis de tous bords. »

Il avait commencé cette conquête à la fin des années cinquante, au moment de la construction des tours, à la périphérie de la ville. Il bâtissait d'un côté et rachetait de l'autre les immeubles désertés et vétustes de la vieille ville, abandonnée au profit de ces constructions modernes, autour desquelles il n'y avait rien. Ni places ni fontaines ni bancs pour converser le soir ; pas même un arbre pour avoir de l'ombre en été. Les seuls arbres étaient les cyprès centenaires, qui ferment le grand cimetière, face à la mer. Quand on lève les yeux, on voit la cime des vieux arbres, qui se balance en plein ciel, au-dessus des toits des tombeaux. L'endroit est toujours désert ; personne n'a envie de parler à l'ombre des morts.

Jean Montadori avait fait de sa colline un terrain planté et entretenu comme un jardin. Le père de Sandro avait entendu dire qu'il avait pris les arbres destinés aux habitants des tours. On se trompait. On n'avait pas songé à planter des arbres. Donner de l'ombre et de la fraîcheur aux habitants des tours n'était venu à l'esprit de personne. Pour toute ombre, il n'y eut longtemps que celle, pointue, des hautes murailles, qui se découpaient en grands rectangles, dans les cours vides.

Si Jean Montadori avait installé son fief dans la colline, c'était pour mieux dominer la ville, se faisant rapporter le moindre mouvement qui l'agitait, à l'affût des histoires de famille ou des renversements d'alliances qu'il favorisait ou rompait. Pourtant, sa constance en amitié forçait le respect. Jamais il ne manquait d'aller à un enterrement ou à un mariage. S'il lui était impossible de s'y rendre, il envoyait un de ses proches, avait toujours une attention délicate, n'omettait jamais de faire un geste. Et il ne détestait pas se montrer auprès des plus déshérités, disputer une partie de cartes avec eux, se montrer âpre au gain, par stratégie, pour que l'on ne se sentît pas insulté par la différence de condition. Il avait un tel sens de la hauteur qu'il feignait de la mépriser. On lui en savait gré. Jean Montadori vérifiait cet attachement avec délectation. Il devait même croire alors déceler en lui une certaine bonté et le pire est sans doute qu'il n'en était pas absolument dépourvu.

Il payait une vingtaine d'hommes à ne rien faire ou presque, leur donnant l'illusion d'avoir de l'influence, alors qu'ils ne servaient qu'à maintenir la sienne. Il s'était fait élire maire d'un village, proche de la ville, mais son pouvoir était sans commune mesure avec cette position. C'était lui qui finançait les campagnes électorales, faisait et défaisait le président du conseil général, le député, le maire de la ville. Il fallait être dans ses bonnes grâces. Personne ne l'ignorait. Il plaçait certains de ses hommes à la mairie ou auprès de ses amis, comme il appelait ceux qui ne pouvaient rien lui refuser. Sandro ne lui avait jamais demandé de lui trouver un emploi. Il se savait incapable de respecter des horaires réguliers ou de supporter qu'on lui donne des ordres, encore que les hommes du vieux Montadori ne fussent pas des employés comme les autres et qu'on se gardât de les considérer comme tels.

Sandro ne s'adressait jamais directement à lui. Il le faisait par le truchement de Paul Léandri. Il savait que Jean Montadori appréciait qu'il fasse ce qu'on lui demande sans discuter et se contente de ce qu'on lui donne. Mais, à tout cela, Sandro ne pensait jamais. Il agissait ainsi par habitude, presque par réflexe. Jean Montadori était le maître et il n'y trouvait rien à redire.

Et de même, du myrte, des cistes, des arbousiers, des genêts, qui rehaussaient de jaune ou de rouge le vert des grands arbres de la colline, éclairaient les ombres, ouvraient des trouées sur la lumière fine, de l'air bleu qui enveloppait tout, Sandro ne voyait rien.

Il sentit la fatigue refluer en lui jusqu'à la nausée. Après un virage en épingle, il aperçut la maison. Il n'en vit que le dernier étage et le toit en lauze, dévoré de mousse, le reste était caché par les arbres. Le jardin était clos de murs, mais la grande grille en fer forgé était ouverte sur l'allée, impeccablement ratissée, qui menait à la villa.

Sandro se rappela une photographie à moitié effacée qui trônait sur le buffet de la salle à manger. C'était la maison de Marthe, sa grand-mère, qui ressemblait à s'y méprendre à celle qu'il avait sous les yeux. Il y avait passé les deux ou trois premières années de sa vie, mais n'en avait aucun souvenir. Après que sa mère se fut fâchée avec elle, il n'avait pas revu sa grand-mère et n'était jamais retourné dans ce village de montagne où, par beau temps, au loin, on découvrait la mer : « C'était la seule chose, disait sa mère, qui laissait penser que nous étions sur une île. »

Sa grand-mère était morte quand il avait une dizaine d'années, la maison avait été vendue, l'argent dépensé depuis longtemps, la photographie perdue, si bien qu'il ne restait rien de cette époque et que Sandro se demanda s'il n'avait pas exagéré la beauté et la grandeur de cette maison et même si elle avait jamais existé.

Il arrêta la radio, rangea sa voiture sur le bas-côté. Quand il regarda derrière lui, il s'étonna que la ville ne fût pas très loin ; à côté des remparts de la citadelle, les immeubles décrépis, presque noirs, surplombaient la mer. Seul émergeait de la brume le clocher rose de Sainte-Marie. Il pensait avoir roulé plus longtemps et s'être éloigné davantage.

Ça doit être la fatigue, se dit-il.

Il sortit un mouchoir de sa poche, s'essuya le visage, les mains, boutonna le col de sa chemise et s'engagea dans l'allée, bordée de grands arbres. Dans la chaleur de ce début d'été, les peupliers tremblaient dans le ciel blanc. Le long de l'allée, des parterres de fleurs mauves et blanches dessinaient des motifs. Il mit un moment à reconnaître les armes des Montadori : une tour et deux épées croisées sur le côté. Elles ressemblaient aux armes de la ville comme si celle-ci avait toujours appartenu aux Montadori, d'une manière ou d'une autre.

La Villa se dressait au bout de l'allée. Tous les volets de la maison étaient fermés. Au premier étage, il reconnut le petit balcon ventru d'où le vieux Montadori avait prononcé un discours de bienvenue et salué la foule des invités, lors du mariage de sa nièce.

Sur l'esplanade, devant la maison, de grands pins parasols montaient jusqu'au ciel ; un cyprès était planté de chaque côté de l'entrée. Sandro se signa. Les cyprès sont les arbres des morts. Malgré les cyprès, pensa-t-il, le vieux Montadori n'a pas eu beaucoup de malheurs. Sauf qu'il avait perdu son fils unique. Il portait le même prénom que lui : Alexandre. Il l'avait presque oublié. On l'avait toujours appelé Sandro. C'était bien le seul point commun qu'on avait, le fils Montadori et moi, se dit-il.

Un vrombissement remplit l'air. Sandro leva les yeux. Un petit avion traversa le ciel, y laissant une traînée blanche et tremblante, et puis tout retomba dans le silence.

La grande maison semblait déserte, mais, près du perron, il y avait un groupe d'hommes vêtus de costumes noirs. Malgré la chaleur, personne n'était en bras de chemise. Sandro reconnut Franck Monterossi, Paul Léandri, André Squerci et Philippe Montadori. C'était le neveu par alliance du vieux Montadori qui l'avait adopté, paraît-il, et, après la mort d'Alexandre, il avait pris le nom des Montadori. Il parlait avec deux hommes que Sandro n'avait jamais vus. Ils étaient élégants et avaient l'air distingué. Ils le regardèrent sans rien dire et lui serrèrent la main tour à tour. Philippe Montadori entra dans la maison et en ressortit peu après, accompagné d'une domestique qui invita Sandro à la suivre.

« Monsieur veut vous voir », dit-elle.

Sandro tressaillit. Tous les regards se tournèrent vers lui. Il haussa les épaules, suivit la domestique d'un pas nonchalant, mais la sueur coulait sur son front et lui brouillait la vue.

L'intérieur de la maison était très sombre et il mit du temps à s'habituer à l'obscurité. Il heurta une console ; un vase en étain roula sur le sol avec fracas. La domestique ramassa le vase et le remit à sa place. Quand elle se pencha, Sandro vit qu'elle avait les mollets très blancs. La couleur de la peau tranchait avec le noir de la blouse. C'était une fille grande et maigre. On devinait sous le léger tissu de la blouse le dos étroit, les épaules frêles. De sa coiffe blanche s'échappaient quelques mèches de cheveux noirs et frisés et Sandro eut la tentation d'effleurer cette nuque pâle.

« Comment tu t'appelles ? dit-il.

— Joséphine, monsieur. »

Il n'eut pas envie de continuer à parler. Il était en nage. Il s'essuya les mains sur son pantalon. Il ne voyait plus Joséphine, qui lui paraissait une ombre. Il connaissait à peine Jean Montadori. Ils avaient échangé quelques mots lors du mariage de sa nièce. Le vieil homme l'avait salué par son nom et son prénom pour montrer qu'il le connaissait, comme il connaissait tous les hommes qui travaillaient pour lui ou lui étaient inféodés, mais il n'avait pas évoqué son père, comme c'était l'usage.

Sandro ne comprenait pas ce qui lui valait d'être dans cette maison, où il n'était jamais entré, marchant dans ce long corridor, précédé d'une domestique, alors que le vieux Montadori se mourait. Il n'était pas le seul à ne pas comprendre. Il l'avait senti aux regards qu'on lui avait jetés.

La maison était fraîche, mais il avait l'impression d'étouffer. Joséphine ouvrit la porte de ce qu'il croyait être la chambre du vieux Montadori, mais elle l'invita à entrer dans un grand salon. Elle alluma la lumière et le laissa seul. Il regarda autour de lui, les meubles précieux et brillants, les fauteuils recouverts de velours rouge, les divans qui se faisaient face. Les rideaux jaune safran avaient été tirés et prenaient la moitié du mur où étaient accrochés de grands tableaux sombres. C'étaient des scènes de chasse d'un autre temps. Sandro se crut dans un décor de théâtre. Il était mal à l'aise. Il n'osa pas s'asseoir. Il s'approcha du miroir qui était au-dessus de la cheminée et contempla son image. Il était pâle, avait des cernes ; ses yeux semblaient encore plus clairs que d'habitude.

« On dirait les yeux d'un aveugle », murmura-t-il.

Joséphine était revenue. Elle attendait derrière lui, les bras chargés de vêtements. Elle lui tendit un veston et une cravate sombres.

« À qui appartient ce veston ? demanda Sandro.

— On m'a dit de le prendre dans l'armoire du défunt fils de Monsieur, répondit Joséphine.

— Je n'aime pas porter les habits d'un mort, dit Sandro.

— Cela vaut mieux que d'être en bras de chemise un jour comme aujourd'hui. C'est Monsieur Jean lui-même qui a ordonné que vous passiez cette veste. Vous êtes très grand comme l'était le pauvre Monsieur. Cela devrait vous aller », dit Joséphine.

Il avala sa salive. Il avait la gorge nouée. Il n'osa pas demander pourquoi le vieux Montadori, à l'article de la mort, s'était préoccupé de détails aussi futiles. Sandro sentit la douleur lui traverser la nuque et irradier jusqu'aux paupières. Il grimaça. Il vit dans le miroir que Joséphine l'observait. Il se hâta de nouer sa cravate et de passer le veston. Il était à sa taille.

« Je n'aime pas porter les habits d'un mort », répéta-t-il.

Joséphine ne répondit pas, elle avait ouvert la porte et attendait qu'il sorte. Ils montèrent un escalier étroit, traversèrent un couloir où une fenêtre était cachée par des rideaux épais, passèrent devant plusieurs pièces en enfilade, ne s'arrêtèrent devant aucune et trouvèrent une porte entrebâillée devant laquelle Joséphine s'effaça pour le laisser entrer. C'était une porte dérobée : elle faisait face à une autre grande porte à deux vantaux qui ouvrait sur une autre pièce.

Les volets de la chambre étaient fermés, les rideaux

tirés. Une lampe de chevet donnait une lumière avare et il ne vit d'abord que le lit monumental en bois foncé, les draps blancs, et la tête du vieux Montadori, qui reposait sur un oreiller. Sandro s'inclina devant la signora Marcella, la femme de Jean Montadori. Elle lui tendit une main molle. Le vieux Montadori gémit. Sandro s'approcha du lit. Il vit alors le visage noir, presque bleu, les paupières rouges, les lèvres fines et écorchées qui s'ouvraient sur une bouche édentée et noire et il eut un mouvement de recul. Le vieux Montadori lui saisit le poignet et lui fit signe d'approcher. Il se tourna vers sa femme et, de la main, lui ordonna de sortir, mais Marcella se recula dans l'ombre et ne quitta pas la pièce. La voix de Jean Montadori était à peine audible. Sandro se pencha vers lui, colla son oreille à sa bouche. Le vieux Montadori souffla bruyamment, reprit sa respiration et murmura des paroles que Sandro fut le seul à entendre.

Il se releva lentement, passa devant la signora Marcella sans lui accorder un regard et sortit par la grande porte. Dans le couloir, des chaises avaient été disposées, elles étaient vides. Sur ordre de son mari, Marcella Montadori avait congédié tout le monde, mais Sandro l'ignorait. Il enleva son veston, dénoua la cravate, les déposa sur une chaise, s'essuya le visage et sortit.

Dehors, l'air était brûlant. La lumière l'éblouit. Il mit les mains devant les yeux, qu'il avait du mal à garder ouverts, tant sa tête le faisait souffrir. Franck

Monterossi vint à sa rencontre. Il tenta de l'éviter, salua tout le monde d'un signe de main et s'éloigna, mais Franck Monterossi le rattrapa.

« Qu'est-ce que tu fais ici ?

— Le vieux Montadori a voulu me voir.

— Pourquoi? dit Franck.

— Je ne sais pas, dit Sandro. Il a voulu me dire quelque chose, mais je n'ai pas compris. Sa voix était trop faible.

— Dis plutôt que tu ne veux pas le répéter.

— Non. Je n'ai pas compris, c'est tout. Maintenant, excuse-moi, mais je dois partir. Je n'ai pas vu Adriana depuis hier soir.

— Tu es trop gentil avec elle. Ma femme, elle n'ose même pas me regarder dans les yeux. Carmen, elle file doux, je n'ai pas à me plaindre.

— Je ne me plains pas, dit Sandro.

— Je disais ça pour ton bien.

— T'en fais pas pour moi, Francky.

— Tant mieux si les choses vont comme tu veux. Moi aussi, il faut que j'y aille. Le vieux Montadori n'en a plus pour longtemps. Une question d'heures, il paraît.

— Je reviendrai vers quatre ou cinq heures. On peut avoir besoin de moi.

— Tu devrais en profiter pour te reposer. Tu as l'air fatigué.

— Oui, dit Sandro. Je suis fatigué. »

Comme on s'y attendait, le vieux Montadori mourut dans l'après-midi.

La veille de la mort du vieux Montadori, Adriana n'attendait pas Sandro. Elle espérait même qu'il ne rentrerait pas. Dans cette petite pièce, ils ne pouvaient faire un mouvement sans se frôler et Sandro heurtait exprès Adriana qui avait toutes les peines du monde à se dégager, quand elle y parvenait.

Depuis qu'ils étaient mariés, Sandro avait changé. Parfois, il regardait Adriana d'un air féroce, qui lui faisait peur. Il passait presque toutes les nuits dehors. Il prétextait un rendez-vous oublié, un ami à voir, mais, le plus souvent, il ne donnait pas d'explication et Adriana n'en demandait pas.

Elle aussi avait changé. Elle n'avait plus goût à rien. Même quand Sandro lui proposait de sortir, elle préférait rester confinée dans ce petit appartement où, par un temps de canicule comme celui-là, on étouffait.

Ses parents avaient encore déménagé. Elle ne les voyait plus. Sandro refusait de la conduire jusqu'à eux et elle n'avait pas le droit de prendre l'autocar et d'y aller toute seule. Elle voyait son père une fois par mois quand il venait chercher l'argent que Sandro laissait sur la table. Il ne s'asseyait pas. Il buvait debout le café qu'Adriana lui servait dans un verre. Il disait qu'il était trop vieux pour trouver du travail dans le bâtiment. Il voulait repartir vers le Sud. C'était toujours la même rengaine.

« Ta mère t'envoie le bonjour », disait-il avant de partir et Adriana répondait : « Toi aussi, donne-lui le bonjour de ma part. » Ils se quittaient là-dessus. Ils ne s'embrassaient jamais. Son père fuyait le regard d'Adriana. Elle lavait le verre et la petite cuillère, faisait semblant de s'occuper à l'évier. Son père en profitait pour s'éclipser. Adriana, quand elle se retrouvait seule, se mettait à la fenêtre, regardait la cour un long moment, l'esprit vide. Le temps ne passait plus. Elle en vint presque à redouter ces visites, mais, en ce début de juillet, il y avait près de deux mois que son père n'avait pas donné signe de vie et Adriana s'en était inquiétée. Sandro avait haussé les épaules et répondu que, pour l'argent, son père savait où le trouver.

En peu de temps, Adriana s'était habituée à ne plus voir ni son père ni sa mère. Elle pensait à eux comme on pense à des étrangers. Elle avait du mal à se rappeler leur visage. Ils ne lui manquaient pas. Elle regrettait seulement de ne plus pouvoir sortir à sa guise, comme elle l'avait fait les premiers temps qu'elle habitait le quartier de la citadelle, avant de rencontrer Sandro. Depuis qu'elle était mariée, elle passait ses journées enfermée, à dormir ou à écouter de la musique sur la petite radio portative que Sandro lui avait offerte.

Mais la veille de la mort du vieux Montadori, la radio était éteinte et Adriana ne goûtait pas la sérénité que lui procurait toujours l'absence de Sandro : la chaleur, l'exiguïté de la pièce, la solitude l'oppressaient.

Dans l'immeuble, Adriana ne connaissait personne, sauf M. Giancarlo, son voisin de palier. L'immeuble n'était habité que par des familles d'étrangers que Sandro lui interdisait de fréquenter. « Je n'aime pas les Arabes », avait-il coutume de dire et, quand il croisait ses voisins dans l'escalier, ceux-ci s'effaçaient comme des ombres pour lui laisser le passage. Adriana avait remarqué que personne n'osait lever la tête ni regarder Sandro droit dans les yeux. Elle avait reconnu la peur qu'elle-même éprouvait parfois devant lui, cette peur qui, selon sa mère, rend les hommes pareils à « des chiens qui fuient devant les loups ». Sa mère disait que c'était un dicton de son pays, mais son pays, personne ne le connaissait et, sauf pour citer ses dictons, elle-même n'en parlait jamais.

Adriana n'avait jamais dit à Sandro que, les premiers temps qu'elle habitait l'immeuble, une femme au visage traversé d'une ligne de tatouagc bleu l'avait confondue avec une des leurs. Elle l'avait abordée et lui avait parlé dans sa langue, l'avait prise par le coude, avait voulu l'entraîner chez elle. Adriana s'était dégagée d'un mouvement brusque et, quand la femme s'était rendu compte de sa méprise, elle avait regardé Adriana d'un air implorant et, la main sur le cœur, avait bredouillé des excuses. Depuis, on l'évitait. Les portes se refermaient sur son passage. Les femmes se réunissaient les unes chez les autres et, une fois, Adriana avait eu la tentation de se joindre à elles, mais au moment de frapper à la porte, elle avait pensé à Sandro et elle était remontée chez elle en courant, comme si elle avait fait quelque chose de mal.

Le jour faiblissait. Adriana n'alluma pas. Elle entrouvrit la porte d'entrée pour avoir un peu d'air. Au même moment, son voisin, M. Giancarlo, rentrait chez lui.

« Quelle chaleur ! On étouffe, dit-il.

— Bonsoir, monsieur Giancarlo », dit Adriana et elle referma aussitôt la porte à clé.

Elle l'entendit qui marmonnait des paroles qu'elle ne comprit pas. Il ferma sa porte à clé et Adriana respira. Elle n'aimait pas le vieil homme. Il avait une grosse figure rougeaude, était sale, empestait le vin. Il la regardait d'une façon bizarre qui lui faisait peur. Mais Adriana avait peur de tout. Elle pensa que le dicton de sa mère, s'il convenait aux Arabes de l'immeuble, lui convenait aussi. Après tout, elle ne valait pas mieux qu'eux et, avant son mariage, elle aussi on la traitait d'étrangère. Depuis, personne n'aurait osé le faire, mais si un jour Sandro la quittait, elle serait obligée de partir vivre ailleurs.

Adriana se dit qu'elle était comme son père : elle ne se sentait bien nulle part. Rien ne disait qu'elle serait mieux ailleurs, mais le penser était une consolation à la vie qu'elle menait. Elle savait que cette vie ne valait rien, mais elle attendait que les choses changent d'elles-mêmes. Parfois, elle sentait que chaque jour passé à attendre était un jour perdu, mais elle ne savait pas pourquoi.

Elle s'assit sur le lit, ferma les yeux et dit à haute voix : « Sainte Marie, pleine de grâce, priez pour moi. »

L'horloge de Saint-Jean sonna dix heures.

Adriana monta sur le lit, se hissa sur la pointe des pieds et jeta un coup d'œil par le vasistas qui donnait sur le Vieux-Port. Il n'y avait pas un souffle d'air ; la nuit était claire. Adriana voyait les mâts des bateaux immobiles, les lumières des cafés qui se reflétaient dans l'eau. Les terrasses devaient être pleines de monde. Elle devinait les silhouettes des gens attablés. Adriana avait chaud. Elle fit couler de l'eau et se passa un gant humide sur le visage. Elle alluma la radio, mais la voix nasillarde du speaker l'agaça. Elle éteignit le poste, se regarda de nouveau dans la glace au-dessus du lavabo, coiffa ses cheveux, les rassembla en un chignon, mordit ses lèvres qui rosirent, prit de la menue monnaie que Sandro avait oubliée sur la table et, sans trop réfléchir à ce qu'elle faisait, elle sortit.

Elle descendit l'escalier pieds nus, vérifia que la rue était déserte, remit ses chaussures, se glissa comme une voleuse dans une ruelle obscure qui rejoignait le Vieux-Port et se dirigea vers les quais les moins fréquentés. Ils étaient à peine éclairés. Adriana n'avait pas assez d'argent pour s'attabler à une terrasse et d'ailleurs elle n'aurait jamais osé le faire, mais elle s'arrêta devant un marchand de glaces et demanda un cornet à la vanille. Pendant que l'homme s'affairait, elle lui tourna le dos et se tint tête basse de peur d'être reconnue et que l'on rapporte à Sandro qu'elle était sortie. Elle ne connaissait pas le marchand de glaces, mais Sandro lui disait que ses amis la surveillaient et qu'il saurait toujours où la trouver s'il lui prenait l'idée de sortir. Ces mots, si souvent répétés, avaient perdu de leur force mais, ce soir-là, Adriana eut l'impression d'être épiée. Elle faillit s'en aller sans attendre sa glace, mais la gourmandise fut la plus forte et elle resta. L'homme lui tendit son cornet en souriant, elle le paya et prit la direction de la jetée. Elle marchait vite, se retournait sans cesse pour vérifier qu'elle n'était pas suivie. Quand elle se fut assurée qu'il n'y avait personne, ses craintes s'apaisèrent. La glace commençait à fondre et Adriana donnait des petits coups de langue rapides pour n'en rien perdre. Elle s'assit dans un recoin sombre des escaliers qui mènent au jardin Barberini. Elle avait les mains collantes. Elle aspira la crème amollie de la glace à la vanille et poussa un petit gémissement de plaisir quand elle la sentit fondre sous la langue. Elle mordit dans le biscuit, fermant les yeux de contentement. La glace achevée, elle se lécha les doigts et les essuya au bas de son pantalon. Un chat la frôla et la fit sursauter. Cette frayeur sonna comme un rappel. Adriana vit la folie qu'elle avait commise. Elle dévala les marches, courut jusqu'à la ruelle, s'engouffra dans le portail de son immeuble, enleva ses chaussures et monta les marches quatre à quatre. Son pied heurta une marche, la douleur fut si vive qu'elle poussa un cri. Elle mit la main sur la bouche, attendit dans le noir, le cœur battant, le souffle court, mais rien ne vint rompre le silence. Quand elle se trouva devant sa porte, Adriana s'assura que le vieux Giancarlo ronflait, elle ouvrit la porte, qu'elle n'avait pas fermée à clé, et poussa un soupir de soulagement en voyant que la pièce était vide. Tout d'un coup, elle pensa que Sandro était peut-être venu et reparti. Elle fit le tour de la pièce, s'arrêtant devant chaque objet, examinant tout, y revenant encore. Elle mit un moment à admettre qu'il n'y avait pas trace du passage de Sandro.

Jamais plus je ne sortirai, se dit-elle.

La douleur au pied, un moment endormie par la peur, revint avec violence. Adriana remplit une bassine d'eau, y plongea son pied. Quand elle l'en sortit et l'essuya, elle vit que l'ongle était retourné. L'eau était rougie de sang.

Sandro traversa l'allée en essayant de se tenir droit, de ne pas marcher trop vite et de ne pas se retourner. Il ne voyait rien de ce qu'il y avait autour de lui. Quand il fut enfin assis au volant de sa voiture et mit le contact, sa main tremblait si fort qu'il n'arriva pas à démarrer. Il jeta un coup d'œil dans le rétroviseur pour voir s'il n'avait pas été suivi, mais le rétroviseur ne refléta qu'une partie de la grille et le début de l'allée, qui était vide. Sandro reprit sa respiration, mit le contact et donna un grand coup d'accélérateur. Tout le long de la route des collines, il bredouilla des mots sans suite, entrecoupés d'injures. Il suffoquait. Il essaya de reprendre son sang-froid, prit la fiasque d'eau-de-vie et but une longue lampée. Toute sa colère retomba d'un coup. Sandro était épuisé. Il se demanda comment il avait pu parler à Franck Monterossi et conduire jusque-là. Il gara sa voiture pour se reposer un moment. Il se sentit pris de faiblesse. Il avait les jambes coupées, il n'arrivait même pas à sortir de la voiture. Il se rappela soudain la première fois qu'il avait éprouvé cette impression affreuse.

Il devait avoir huit ou neuf ans. Son père l'avait emmené voir un match de boxe. La petite salle était enfumée et bruyante. On y voyait à peine, sauf le ring, qui était violemment éclairé. Le combat avait commencé. Son père avait pu avoir des places au premier rang ; ils jouèrent des coudes pour y parvenir et, comme il le craignait, les places étaient occupées : il dut se disputer pour arriver à s'asseoir. Sandro était tout près du ring. Son visage était à la hauteur du plancher. Il n'aurait eu qu'à tendre le bras pour toucher les cordes. Il sentait l'odeur du bois humide et de poussière mêlée à celle, plus âcre, de transpiration et de fumée. Il voyait les chaussures de cuir lacées des boxeurs, leurs jambes musculeuses et sèches. Sous la peau tendue et brillante affleuraient de grosses veines bleues. Les boxeurs avaient des énormes gants de cuir rouge qu'ils mettaient devant leur visage pour se protéger. Leur dos luisait ; leur visage était trempé de sueur. Les deux hommes étaient petits et secs. Presque pliés en deux, ils tournaient l'un autour de l'autre, tentaient d'assener des coups, atteignant rarement leur cible. Le public criait leur nom, sifflait, applaudissait, manifestait son impatience ou son dépit. Son père soutenait un certain Mario et ne cessait de scander son nom. Il donnait des coups de coude à Sandro pour qu'il en fasse autant, mais Sandro ne disait rien. Le bruit de la foule lui semblait lointain. Il n'entendait plus que le bruit sourd des coups et le crissement du cuir des chaussures qui glissaient sur le plancher du ring, la respiration rauque, les gémissements contenus des boxeurs. Après chaque coup de gong, ils s'asseyaient sur des tabourets que leur entraîneur glissait dans un coin du ring. On leur passait une éponge trempée sur le visage et l'eau s'égouttait sur le plancher. Une odeur de vinaigre flottait un instant dans l'air. Sandro avait remarqué que le boxeur qui était de son côté tremblait. L'entraîneur lui criait des ordres près de l'oreille, mais il n'avait pas l'air de l'entendre. Il avait du mal à respirer ; il ne pouvait pas parler et répondait à l'entraîneur d'un signe de tête. Quand le combat reprit, il s'avança jusqu'au milieu du ring. Il reçut un coup de poing et il s'effondra. Il avait le visage en sang. Le public cria. L'arbitre, penché au-dessus du boxeur, commença à compter : « Un ! Deux ! Trois… »

Sandro ne pouvait détacher son regard du boxeur étendu par terre. Il ne bougeait plus. Le haut de son visage était violacé, ses lèvres enflées, un œil légèrement entrouvert laissait voir une fente blanche. Sandro crut qu'il était mort. Il se tourna vers son père, le tira par la manche, mais son père discutait avec son voisin, il avait l'air furieux et il lui dit de le laisser tranquille. Sandro vit alors qu'il avait du sang sur sa chemise. Il toucha de nouveau le bras de son père, voulut parler, mais les mots restèrent fichés dans sa gorge, il entendit une vague rumeur, sa vue se troubla. La dernière chose qu'il vit avant de perdre connaissance, ce furent les ronds de lumière blanche des projecteurs qui l'aveuglèrent.

Quand Sandro revint à lui, son père était penché sur lui, son visage tout près du sien. L'espace d'un instant, il ne l'avait pas reconnu, mais il avait reconnu l'odeur de son eau de Cologne. Son père dit quelque chose qu'il ne comprit pas et des rires fusèrent. Sandro se redressa et fut repris de vertige. Il vit deux taches blanches sur le ring. Il mit du temps à s'apercevoir que c'étaient les peignoirs dont on avait recouvert les épaules des boxeurs. Il ne tenait pas debout. Son père avait dû le soutenir. Pour le réconforter, il l'avait conduit dans un café proche. On lui avait donné des morceaux de sucre trempés dans de l'alcool de menthe. Une torpeur, provoquée par une légère ivresse, n'avait pas quitté Sandro jusqu'au soir. Sa mère, quand elle l'avait vu, la chemise tachée de sang, avait poussé un cri. « Il n'a rien, avait dit son père. C'est le sang du boxeur. »

Peu de temps après, son père l'avait inscrit au club de boxe de la citadelle. Pendant des années, Sandro y était allé tous les soirs. Il y avait rencontré André Squerci et Paul Léandri, qui étaient devenus ses meilleurs amis. Il avait pris goût au combat. Lors des matches amateurs, il faisait preuve d'une hargne qui étonnait son père. « Quand je pense que la première fois que tu as vu un match, tu as tourné de l'œil ! » disait-il souvent. Et Sandro, une fois, lui avait dit qu'il devrait arrêter de raconter cette histoire. Et son père l'avait regardé d'un air si triste qu'il s'en voulait encore de lui avoir fait cette réflexion. Et alors qu'il y pensait, il avait de nouveau cette impression de honte et de faiblesse, que des années de boxe n'avaient pu effacer. Il s'en était rendu compte lorsqu'il avait vu le vieux Montadori mourant et qu'il avait entendu ces paroles qu'il n'aurait jamais dû entendre. Il avait cru qu'il en avait fini avec ce sentiment qui l'avait poursuivi longtemps après le match, mais il en était toujours prisonnier. Les années de boxe n'avaient servi à rien. Cela ne l'avait jamais quitté et la vue du vieux Montadori mourant avait réveillé ce souvenir qu'il croyait enfoui à jamais.

Pour beaucoup de choses, c'est trop tard, se dit-il. Pour le reste, il faut faire comme si rien ne s'était passé. Les autres finiront par croire que c'était un caprice du vieux Montadori de te voir avant de mourir. Il se força à penser à Adriana pour ne plus penser à rien d'autre. Il avait hâte de la retrouver.

Arrivé aux portes de la ville, Sandro fut pris soudain d'un de ces élans de tendresse qu'il cachait à Adriana, il fit un détour et s'arrêta chez Duraini, le marchand de graines et d'animaux. Il acheta un chaton gris, qui avait des yeux de la couleur du tabac. Il lui coûta un mois du loyer du petit logement qu'il louait.

Adriana n'était pas encore levée. Il posa le chaton sur le lit. Elle gémit dans son sommeil. La petite bête avança prudemment et, d'un bond, grimpa sur ses épaules, se lova au creux de son cou. Adriana se réveilla en sursaut. Le chat prit peur, perdit l'équilibre et lui griffa l'épaule en voulant se sauver. Sandro prit le chaton par la peau du cou et le reposa sur le lit.

« Prends-le », dit-il.

Adriana fit non de la tête. Elle avait mis de la salive sur le bout de son index et la passait sur la griffure que le chat lui avait faite.

« Il est sauvage ?

— Prends-le doucement. Il ne te fera rien. »

Elle caressa du bout des doigts le dos du chaton, qui ferma les yeux. Il ronronnait.

« Ce n'est pas un chat de gouttière, tu sais. Il ne restera pas toujours gris, ensuite ses poils deviendront bleus. C'est un chat très rare.

— Comme il est joli ! dit Adriana. Il faut lui donner un nom.

— Duraini l'appelait Grisou.

— Non, dit-elle. J'aimerais mieux qu'on l'appelle Iris.

— Iris ? Mais c'est un nom de fleur !

— C'était le nom du chat que j'ai eu quand j'étais petite.

— Appelle-le comme tu voudras. Après tout, c'est ton chat.

— Vraiment, il est à moi ? Tu me le donnes ?

— Oui, je l'ai acheté pour toi.

— Oh ! Merci, Sandro », dit Adriana, et elle se pencha vers lui pour l'embrasser. Sandro se laissa tomber sur le lit. Adriana se mit au-dessus de lui, ses cheveux cachaient son visage. Il la serra contre lui. Elle se laissa faire. Sandro ferma les yeux. Il goûta ce baiser comme il avait goûté ceux de la plage, il sentait encore le goût du sel sur les lèvres, la petite langue pointue et agile d'Adriana qui cherchait la sienne. Et les lentes caresses. Jamais il n'avait senti une douceur comparable à celle-là. Adriana gémit. Sandro posa la main sur la bouche, glissa sur le cou, saisit la nuque d'Adriana qu'il fit ployer légèrement. Dans la moiteur du cou, il respirait l'odeur un peu âcre de sa chevelure. Il fit une torsade de ses cheveux qu'il roula entre ses doigts, il dégagea le visage d'Adriana : elle le dominait tout entier. Il voyait ses narines s'enfler, la pupille rétrécie, traversée d'une lueur jaune, les lèvres luisantes de salive. Il baisa sa bouche, buvant goulûment son souffle dans l'extase soudaine.

Pour la première fois, il se crut aimé, mais il n'osa pas le dire à Adriana et encore moins lui demander de lui dire qu'elle l'aimait. Adriana s'assoupit, le chaton blotti contre elle.

Il était trois heures passées, quand il la réveilla.

« Si le vieux Montadori n'était pas mourant, nous serions allés au restaurant, mais je ne voudrais pas que mes amis croient que je fête quelque chose un jour pareil.

— Pourquoi ? dit Adriana.

— Il a voulu me voir avant de mourir, dit Sandro, et il regretta aussitôt ses paroles.

— Qu'est-ce qu'il te voulait ?

— J'en sais rien. Je n'ai pas compris ce qu'il disait. Sa voix était trop faible.

— Tu aurais dû le faire répéter.

— On ne fait pas répéter Monsieur Montadori. Et puis ça m'aurait avancé à rien. Oublions cette histoire. N'en parlons plus. Prépare quelque chose à manger, j'ai faim. Je n'ai rien avalé depuis hier soir. »

Adriana, sans lâcher le chaton, tapota le coussin et le reposa délicatement dessus. Elle attacha ses cheveux et se leva. Sandro vit alors son orteil tuméfié.

« Qu'est-ce que tu t'es fait au pied ?

— J'ai cogné contre la commode.

— Fais voir. Assieds-toi. Ah ! » dit Sandro, et il prit le pied d'Adriana et le garda longtemps dans ses mains, le caressant comme un oiseau blessé.

« Laisse, dit Sandro. Je vais m'occuper de tout. Ne bouge pas. »

Les larmes lui montèrent aux yeux et il se détourna pour ne pas être vu d'Adriana.

« Mon Dieu ! murmura-t-il, comme je suis fatigué ! J'ai des émotions de femme.

— Qu'est-ce que tu dis ?

— Rien. Nous nous contenterons de ce que nous avons. Il y a des œufs et du vin.

— Il faut du lait pour le chat, dit Adriana.

— J'irai en chercher tout à l'heure. Pour l'instant, il dort, il n'a besoin de rien. »

Sandro mit le couvert, prépara une omelette,

servit le vin. Ils mangèrent en silence. Adriana n'avait pas l'habitude de boire. Elle souriait vaguement, ses yeux brillaient. Sandro desservit la table, mit les assiettes dans l'évier, porta Adriana jusqu'à son lit. Elle ne tarda pas à se rendormir. Sandro resta un moment à la regarder. Adriana semblait épuisée. Il lui donna un baiser au front ; il vit alors les cernes foncés, presque noirs, qui ombraient le visage de la jeune fille et il eut peur.

Quand Adriana s'éveilla, la maison était vide. Il y avait une bouteille de lait sur la table. Elle se leva, mit du lait dans un bol, prit le chat et s'aperçut qu'il avait souillé le coussin.

Sandro descendit la rue Droite qui est en réalité une rue étroite et sinueuse dont les maisons se touchent presque. C'était l'heure la plus chaude de la journée. La rue était déserte. Des poubelles étaient éventrées et des chiens rôdaient autour. Une odeur de pourriture flottait dans l'air. Sandro leva les yeux ; du linge pendait aux fenêtres. Il vit un bout de ciel d'un bleu laiteux, enserré entre les toits des maisons, qui semblait se rétrécir dans le lointain jusqu'à n'être plus qu'un ruban clair qui disparaissait, dévoré par les pierres grises et moussues des façades. Il pressa le pas. Il avait changé de chemise, s'était lavé dans la salle d'eau sur le palier, mais il lui semblait sentir mauvais. Il avait du mal à respirer. L'oppression qui lui barrait la poitrine se leva un peu quand le port, les mâts des voiliers et les terrasses des cafés apparurent entre les arêtes des murs des immeubles qui bouchaient la vue. Il descendit quelques marches et se trouva devant le bar où il avait l'habitude d'aller. Il était fermé. Une pancarte accrochée à la porte signalait la fermeture pour cause de décès. Sandro comprit que le vieux Montadori était mort. Un frisson lui parcourut l'échine. Il s'entendit appeler, se retourna et reconnut la silhouette familière de Paul Léandri. Il lui fit signe de la main.

Paul Léandri était petit et trapu. Il avait le nez déformé et une cicatrice à l'arcade sourcilière gauche. Il les devait à la boxe, qu'il pratiquait toujours. Sandro n'avait pas le visage marqué. Son entraîneur, Marco Tini, lui disait que c'était sa faiblesse, cette peur de se faire abîmer le visage. Il n'avait pas tort, mais Sandro s'était bâti une solide réputation de gagneur et, quand il avait arrêté la boxe, à l'âge de dix-neuf ans, Marco Tini avait été déçu. « L'Américain n'aurait pas été fier de toi », lui avait-il dit, plein de dépit et d'amertume. Sandro n'avait pas répondu. Il avait arrêté la boxe parce que son père était mort et qu'il n'avait plus rien à prouver à personne, mais, cette chose-là, Marco Tini ne pouvait pas la comprendre et il était donc inutile de le lui dire.

Il était arrivé à Sandro de retourner au club pour accompagner Paul Léandri et André Squerci, mais il ne restait pas. D'ailleurs, il y avait longtemps qu'eux-mêmes ne faisaient plus de combats et se contentaient de s'entraîner une ou deux fois par semaine. Ils en profitaient pour sortir, retrouver leurs amis sans que leurs femmes trouvent rien à redire. Sandro, malgré ce qu'avait dit Franck Monterossi, était plus libre qu'eux.

Paul Léandri s'était un peu éloigné de lui depuis

son mariage avec Adriana. Il l'avait désapprouvé, bien qu'il eût accepté d'être son témoin. « Elle est trop jeune, avait-il dit. Tu te compliques la vie pour rien. »

Sandro se demanda jusqu'à quel point il pouvait lui faire confiance désormais.

« C'est moi qui ai averti les Tozzi, dit Paul Léandri. Ils ont fermé le café pour aller à la Villa et ont emmené leurs femmes. La tienne devrait y aller aussi.

— Adriana n'ira pas, dit Sandro. Elle s'est blessée au pied.

— Il vaudrait mieux que ce soit vrai. Tu sais que ces choses-là finissent toujours par se savoir. Ça la ficherait mal…

— Occupe-toi de tes affaires, Paul.

— C'est pour toi que je le dis. Il ne faudrait pas qu'ils pensent que tu te défiles.

— Ils ne remarqueront rien. Ils sont bien trop occupés. Ils ne connaissent même pas Adriana. D'ailleurs, elle ne sait rien faire.

— Ils connaissent tout le monde. Ils connaissent Adriana et ils en savent peut-être plus long que toi sur elle. Après tout, tu ne sais même pas d'où ils sortent. Ses parents, ce sont des étrangers, pour ainsi dire.

— Tu ne vas pas recommencer ! Alors comment on fait ? On y va tout de suite ?

— Non, moi, j'irai plus tard. J'y ai déjà passé la matinée.

— Alors, j'y vais.

— Sandro, il faut que je te dise. Ce matin, après ton départ, j'ai entendu parler. Je crois qu'il va falloir que tu t'expliques. J'ai l'impression que cette histoire n'a pas beaucoup plu au neveu du vieux Montadori.

— Je n'ai pas compris ce qu'il a dit. C'est tout.

— Ça, tu le racontes à qui tu veux, mais pas à moi.

— Qu'est-ce que je peux y faire ? C'est la vérité.

— Tu as intérêt à trouver autre chose. Tout le monde est à cran, là-bas.

— Et pourquoi ils sont à cran ?

— J'en sais rien. C'est sûrement à cause de l'héritage. Il paraît que le vieux Montadori n'a rien dit à personne, même pas à sa femme. Alors, tu penses bien que votre petite conversation de ce matin, ça les intrigue. Après tout, tu es la dernière personne à lui avoir parlé, au vieux Montadori, et ça, c'est un fait.

— Qu'est-ce que je dois faire ?

— Dis-moi ce qu'il t'a dit.

— Je te répète que je n'ai pas compris !

— Tu es têtu. J'y peux rien. Enfin, moi, je suis ton ami. Ce n'est pas le cas de tout le monde.

— Je n'ai pas d'ennemis. Ne me raconte pas d'histoires.

— Avant la mort du vieux, d'accord, maintenant, c'est à voir.

— Si tu sais quelque chose, dis-le-moi. Ne tourne pas autour du pot.

— Rien de plus que ce que je t'ai dit. Je dois y aller maintenant. Tu resteras toute la soirée là-bas ?

— J'en sais rien. Je ferai ce qu'on me dira. »

Sandro passa chez lui prendre une veste sombre. Adriana avait installé le chaton dans un panier dont elle avait tapissé le fond de vieux journaux. Penchée sur le chaton, elle s'amusait à le regarder se faire les griffes sur les bords du panier.

« Je reviendrai peut-être te chercher pour aller chez les Montadori. Tiens-toi prête.

— Pourquoi je devrais y aller ? Je ne connais personne et puis je n'ai jamais vu de mort. Je ne tiens pas à y aller.

— Tu feras ce que je te dis.

— Et le chat ? Il ne peut pas rester tout seul.

— Qu'est-ce que tu veux que je fasse d'un chat ? S'il ne peut pas rester tout seul, je le ramène à Duraini, c'est tout. »

Adriana le regarda, les yeux brillants de larmes.

« Tu pourrais le laisser dans la voiture.

— Il mourra de chaud dans la voiture, dit doucement Adriana.

— Très bien. Tu prendras le chat.

— Merci, Sandro.

— Ne me remercie pas. Va te préparer. Je ne serai pas long », dit Sandro, et il sortit.

Comme les cyprès près de l'entrée lui parurent être des augures funestes, Sandro fit les cornes pour se protéger du mauvais sort et se joignit aux hommes, qui se tenaient sur le perron, en attendant de présenter leurs condoléances. Ils parlaient à voix basse. Les femmes s'étaient rassemblées sous les arbres à cause de la chaleur.

Joséphine, la domestique qui l'avait conduit quelques heures plus tôt auprès du vieux Montadori, faisait entrer les visiteurs dans la maison par groupes de deux ou de trois.

Quand elle aperçut Sandro, elle vint vers lui et lui demanda de la suivre. « On a besoin de vous », dit-elle. Les hommes s'écartèrent pour lui laisser le passage et Sandro entendit qu'on chuchotait dans son dos sans arriver à comprendre ce qui se disait.

La fraîcheur qui régnait dans la maison lui fit du bien. Paul Léandri m'a monté la tête, se dit-il. Je n'ai rien à craindre. Qui aurait à craindre d'un type comme moi qui n'arrive même pas à imposer sa loi à sa femme ? « C'est qu'une gosse », dit-il à voix haute. Joséphine se retourna, mais Sandro, de la main, lui fit signe d'avancer. Tout en marchant, il boutonna son veston, Joséphine l'introduisit dans un salon vide. La pièce était sombre. Les miroirs étaient recouverts de tissu, les volets fermés. Sandro se mit contre la fenêtre et essaya de voir entre les raies des jalousies ce qui se passait dehors, mais il n'aperçut que des massifs de fleurs, la pelouse et les grands arbres qui fermaient le domaine. Tout se passait de l'autre côté. Les salons de réception, la terrasse, le jardin étaient situés à l'opposé de cette petite pièce obscure. Sandro crut entendre des bruits de pas, il tendit l'oreille, mais la maison était silencieuse. Il était si fatigué qu'il s'appuya contre la vitre de la fenêtre et ferma les yeux. Il n'entendit pas la porte s'ouvrir. Philippe Montadori, les deux hommes distingués qu'il avait vus le matin, la signora Marcella en grand deuil, un foulard de crêpe noir lui tombant sur les yeux, firent leur entrée dans la pièce.

Sandro s'inclina devant la signora Marcella qui lui tendit la main. Il présenta ses condoléances. La signora Marcella répondit d'un signe de tête. Philippe Montadori fit de même. Sandro salua de nouveau les deux hommes qu'il ne connaissait pas et à qui il ne fut pas présenté. Ils restèrent debout tout le temps que dura la conversation.

« Ta femme n'est pas venue ? dit Philippe Montadori.

— Elle s'est blessée au pied et j'ai préféré qu'elle se repose, mais si vous voulez, j'irai la chercher tout à l'heure. »

Philippe Montadori se tourna vers sa tante.

« Oui, dit la signora Marcella, j'aimerais mieux qu'elle vienne. »

Les deux hommes se contentèrent d'acquiescer à leur tour.

« Tu sais, l'organisation de funérailles comme celles-là n'est pas facile, dit Philippe Montadori. Les personnalités les plus importantes de l'île seront présentes. Certains de nos amis, et je ne parle pas de la famille, viendront du continent. Ma cousine Hélène arrivera demain matin par le premier avion. Aussi mon oncle sera enterré dans deux ou peut-être même trois jours. Tu comprends ?

— Oui, monsieur, dit Sandro.

— Ta famille et la nôtre ont toujours été très proches », dit Philippe Montadori. Un des deux hommes se pencha vers lui pour lui dire quelque chose à l'oreille.

Sandro avait la gorge nouée. Il regarda la signora Marcella. Rien ne trahissait en elle le moindre sentiment. Elle n'avait pas l'air d'avoir de chagrin et méprisait trop Sandro pour feindre seulement d'en éprouver devant lui, cela le rassura : elle ne cherchait pas à lui plaire.

Sandro sentait qu'il aurait fallu leur dire qu'ils pouvaient être sûrs de son amitié, que ce n'était pas lui, Sandro Riucci, qui irait leur causer des ennuis, mais il était trop impressionné et inquiet pour dire quoi que ce soit.

« Nous avons beaucoup d'amitié pour toi, reprit Philippe Montadori. Nos familles, comme je te l'ai dit, ont toujours été unies dans la joie comme dans la peine. »

Sa famille, c'était entendu, avait toujours été au service du vieux Montadori. Mais pourquoi Philippe Montadori, droit comme un pin dans son costume sombre, impeccablement mis comme toujours, avec sa bouche en lame de couteau et son œil couleur de cendre, perdait-il son temps à lui parler ? Et sur ce ton doucereux, de cette voix calme, en détachant tous les mots comme s'il avait peur qu'il ne comprenne pas ce qu'il voulait dire ?

Sandro commençait à perdre pied. Je n'aurais pas dû boire autant, se dit-il. Il dut s'appuyer au chambranle de la fenêtre.

« Excusez-moi, dit-il. C'est à cause de la chaleur.

— Nous voudrions que tu t'occupes d'aller chercher nos amis qui arrivent du continent », poursuivit Philippe Montadori, sans prêter attention à ce que Sandro venait de dire.

Sandro se redressa et se raidit : « C'est un honneur, monsieur.

— Tu prendras la Cadillac. Mon oncle a réglé les moindres détails des funérailles. Il a donc décidé qu'on irait chercher ses amis du continent et sa famille avec cette voiture, ce qui n'est pas très commode, mais ce sont ses dernières volontés et nous les respecterons. Le jour de l'enterrement, la Cadillac suivra le convoi funéraire avec ma tante, ma cousine Hélène et moi, et tu en seras le chauffeur. »

Sandro rougit et balbutia des remerciements. La signora Marcella eut un geste d'impatience.

« Je ne suis pas sûre que tu aies raison, mon fils », dit-elle dans un souffle, et elle quitta la pièce sans un regard pour Sandro. Philippe Montadori la suivit et dit avant de sortir : « Vois avec ces messieurs. Ils te donneront toutes les instructions nécessaires. Je compte sur toi.

— Je ferai de mon mieux », dit Sandro.

Quand la porte se fut refermée sur eux, il respira. Ce n'était donc que cela ! Il comprenait qu'avant de lui donner les clés de la Cadillac, on prenne autant de précautions. Il revit le geste d'impatience de la signora Marcella, mais il chassa cette image et fut tout à la joie de conduire la Cadillac : il ne pensa plus qu'à la grosse voiture américaine avec ses fauteuils en cuir rouge, ses pare-chocs rutilants, cette couleur de crème anglaise, sa capote couleur de vieux vin. Avec un peu de chance, il aurait le temps de faire un tour en ville avec Adriana.

La voix de l'un des deux hommes le tira de sa rêverie. « Un petit escalier en colimaçon relie le premier étage au garage, dit-il, mais la porte est fermée, il vaut mieux passer de l'autre côté, par le jardin. »

Une cloison séparait la Cadillac des autres voitures. Sandro ne distingua d'abord qu'une forme massive et sombre. L'homme alluma et la voiture apparut. Elle sembla à Sandro plus grande que dans son souvenir. La couleur aussi lui parut différente, non pas beige, mais plus claire encore, de la couleur du beurre frais. Les ailes étaient foncées, d'un rouge presque noir, et la capote était de la couleur du vieux vin, telle qu'il se la rappelait.

La première fois qu'il avait vu la Cadillac, c'était à l'occasion de l'enterrement d'un parent de Jean Montadori. Sandro devait avoir une dizaine d'années. Son père, quand il avait aperçu cette voiture, lui avait chuchoté à l'oreille : « C'est une américaine, une des plus belles qui existent. Je pourrais passer ma vie à me balader dedans, mais ces choses-là ne sont pas pour nous. C'est encore une chance de pouvoir les admirer. » Sa mère avait dit à voix basse : « Tais-toi, s'il te plaît. Nous allons encore nous faire remarquer. » Son père avait haussé les épaules, mais les gens commençaient à se retourner sur eux et il avait gardé le silence jusqu'à la fin du cortège.

Bien des années plus tard, pour le mariage d'Hélène Montadori, Sandro avait revu la Cadillac. Elle était décorée de roses et de lys blancs, mais alors elle ne lui avait pas fait une si grande impression que la première fois.

Dans le garage, c'était différent. Sandro était fasciné par sa beauté. Il regarda à l'intérieur, les fauteuils en cuir, le cadran de la vitesse, le tableau de bord en bois marqueté, le levier de vitesse court et son pommeau de bois rare.

L'homme lui tendit les clés.

« Vous saurez conduire une voiture comme celle-là ?

— Je crois, monsieur.

— Elle est facile à manœuvrer, mais il faudra faire très attention. C'est une très belle voiture, d'une très grande valeur.

— Je sais », dit Sandro.

Il jeta un regard à l'arrière de la voiture et sentit naître en lui une appréhension sourde. Il en voulut à cet homme de lui gâcher sa joie de conduire la Cadillac. Il ouvrit la porte, s'installa dans le siège, régla le rétroviseur, ferma la portière, mit le contact. Il ferma les yeux et il lui sembla entendre la plus belle musique du monde. Il coupa le contact. L'un des deux hommes avait ouvert la porte du garage. L'autre se pencha à la vitre, tapa deux petits coups.

« Il vaudrait peut-être mieux manœuvrer un quart d'heure ou une demi-heure dans la propriété pour vous faire la main, dit-il.

— Oui », dit Sandro, qui ne se sentait pas non plus le courage de prendre la Cadillac, de démarrer et de partir comme s'il se fût agi d'une voiture ordinaire.

Quand ils sortirent du garage, l'homme dit : « Nous ne nous sommes pas présentés. Voici Jean Cinti et moi je suis Charles Diusti.

— Enchanté. Mon nom est Sandro Riucci.

— Oui, dit Charles Diusti. Nous le savons. Il est prévu que vous deviez ramener votre femme. Il vaudrait mieux que vous alliez la chercher dès maintenant. Ainsi, vous pourriez essayer la voiture avant la nuit.

— D'accord, dit Sandro.

— À tout à l'heure alors, dit Charles Diusti.

— Savez-vous pourquoi c'est moi qui conduis la voiture ? dit Sandro.

— Je suppose, répondit Charles Diusti, que vous êtes un très bon chauffeur. Pourquoi me posez-vous cette question? Vous ne vous sentez pas capable de le faire ? Dans ce cas, il vaudrait mieux le dire tout de suite.

— Non, c'est un honneur, comme je l'ai dit à M. Montadori, tout à l'heure…

— Alors n'en parlons plus. Excusez-nous, mais nous avons à faire », intervint l'autre homme, que Charles Diusti avait dit s'appeler Jean Cinti. Sandro remarqua qu'il n'avait pas prononcé un seul mot jusqu'alors. Il sentit qu'il ne lui était pas sympathique.

« Eh bien ! dit Sandro. Il faut que j'y aille maintenant. » Il salua d'un geste et s'en fut par le jardin.

En rejoignant sa voiture, il se dit qu'avoir parlé au vieux Montadori lui avait apporté une certaine considération de la part de son neveu, Philippe. Il n'aurait jamais cru que ce serait lui qu'on choisirait pour conduire la Cadillac. Il avait encore du mal à le croire. Sa vie allait peut-être changer. On lui donnerait davantage de travail. Il aurait plus d'argent. Il pourrait changer de logement, quitter cet immeuble. Adriana serait contente. Elle pourrait s'acheter des robes. Enfin, il ne fallait pas se monter la tête, il ne s'agissait que de conduire la Cadillac. Si son père avait pu le voir de là-haut, ça l'aurait consolé, mais la seule chose au monde qui l'avait vraiment consolé, c'était la musique de Sinatra. Il avait demandé qu'on joue une chanson de Sinatra à la fin de sa messe d'enterrement. Il l'avait dit au curé avant de mourir. Et l'autre avait accepté. Sa mère avait dit au curé que, s'il faisait une chose pareille, elle mourrait de honte. Mais le curé et son père étaient amis d'enfance et le curé avait dit à sa mère qu'il l'avait promis à son mari et il le ferait, que cela lui plaise ou non. Sa mère avait menacé de ne pas venir à l'enterrement. « C'est votre affaire si vous ne voulez pas assister aux funérailles de votre mari, moi, je ferai ce qu'il m'a demandé », avait répondu le curé.

Il avait prévenu dans son sermon de la chose extraordinaire qui allait se passer à la fin de la messe et une rumeur s'était élevée dans l'église. Il les avait fait taire et avait dit qu'il ne pouvait pas refuser à son ami cette dernière joie terrestre, que Sinatra, pour le défunt, c'était comme frapper à la porte du paradis et Sandro n'avait pas compris ce qu'il voulait dire, mais, à son avis, personne n'avait compris. Tout ce que les gens comprenaient, c'était que cette musique n'avait pas à être jouée dans une église et qu'ils partiraient avant la fin de la messe et c'était ce qui s'était passé. On avait entendu un grand bruit de chaises, des murmures, et les gens avaient fui quand cette musique avait résonné dans l'église. Sandro était resté seul avec sa mère et le curé. Sa mère était comme pétrifiée. Sandro aurait tout donné au monde pour que cette chanson s'arrête puis il s'était rappelé que son père mettait ce disque quand il rentrait de bonne humeur, et alors Sandro savait qu'ils passeraient une bonne soirée, sans se disputer, ni rien. Et il aurait voulu que la musique ne s'arrête jamais parce qu'il comprit tout à coup qu'à la fin de cette chanson son père serait mort pour de bon et qu'il ne le reverrait plus. Une tristesse terrible s'était abattue sur lui. Il avait essayé de prendre la main de sa mère, mais elle l'avait repoussé avec rudesse. Au cimetière, ils s'étaient retrouvés avec le prêtre et les fossoyeurs qui parlaient fort et Sandro se rappelait sa colère, contenue par respect du mort, le bruit des cordes qui crissaient sur le bois du cercueil qu'on descendait dans le trou creusé dans la terre. Il faisait chaud. C'était une journée comme celle de la mort du vieux Montadori. Il se rappelait aussi le bourdonnement des mouches et, dans son souvenir, le bourdonnement des mouches était pour toujours associé à la chanson de Sinatra, au bruit des cordes et de la terre jetée sur le cercueil et aux cris des fossoyeurs. Ils étaient rentrés à pied du cimetière. Ils s'étaient assis dans la cuisine. Sa mère lui avait dit : « Déshabille-toi » et il avait retiré le costume noir trop grand que lui avait prêté son cousin pour l'occasion et avait revêtu ses habits de tous les jours. Sa mère était restée assise dans la cuisine sans rien dire. Sandro s'était glissé sous la table et lui avait retiré ses souliers. Ses pieds étaient meurtris, enflés et rouges. Ils étaient brûlants. Il avait pris un linge trempé et les avait enveloppés dedans. Il avait pleuré longtemps en silence sous la table sans que sa mère esquisse le moindre geste. Sandro se rappelait ce chagrin immense, cette tristesse qui ne l'avaient jamais quitté depuis la mort de son père, depuis le jour de son enterrement par une journée aussi chaude que celle-ci. Et le regret que son père soit mort était redoublé à la pensée qu'il ne le verrait pas au volant de la Cadillac. À sa mère, il ne voulait plus penser. Ni vivante ni morte.

Il ne faut pas chercher à comprendre, se dit-il. Ce serait ma perte et celle de la petite. Je les connais. Ils n'épargneraient personne. Il songea à la joie d'Adriana. Il avait hâte d'être auprès d'elle. Pourvu qu'elle abandonne l'idée de prendre le chat, se dit-il. Il revit Adriana, dormant comme une enfant, et se signa, en butte soudain à un mauvais pressentiment.

Mais, quand il fut aux portes de la ville, sa vie lui parut plus simple. Je me suis trompé sur les Montadori. Ils ne sont pas si mauvais. Ils cherchent à me faire plaisir. La signora Marcella est un peu brusque, mais elle a tenu à ce qu'Adriana vienne aussi. C'est une marque d'attention. Un oiseau frôla le pare-brise. Sandro sursauta. Et s'ils nous voulaient tous les deux à leur merci ? pensa-t-il. Non, non, se répéta-t-il avec force. C'est impossible. Tout ça, c'est à cause de Paul Léandri. Il voit le mal partout. Il est jaloux. Voilà la vérité. Quand il va me voir dans la Cadillac, il va crever de jalousie. Mais non, peut-être que je me trompe sur Paul aussi, peut-être qu'il sera content pour moi. Paul est mon ami. Pourquoi serait-il jaloux ? C'est toi qui vois le mal partout maintenant, se dit-il. Je dirai à Adriana de faire un tour, mais il faudra qu'elle se cache. Faut pas qu'on la voie, sinon on va croire que je parade avec elle. Pour ça, Paul a raison. Adriana, ma petite chèvre, dans la Cadillac, pensait Sandro, en montant les marches quatre à quatre.

« Je suis prête, dit Adriana, et elle prit le panier avec le chat dedans.

— Pour le chat, ce n'est pas possible, dit Sandro.

— Tu avais promis…

— Ce n'est pas possible ! Laisse-le. Je n'ai pas le temps de discuter. Dépêche-toi. J'ai une surprise.

— C'est quoi ?

— Ça ne vaut plus rien, si je te le dis. On va chez les Montadori.

— On ne m'obligera pas à voir le mort, Sandro ?

— Je ferai de mon mieux pour que tu ne le voies pas.

— Et toi, tu l'as vu ?

— Non, je ne l'ai pas vu. Je n'y avais pas pensé, mais ça va être difficile que tu ne le voies pas. Tu n'as qu'à regarder tes pieds ou le mur et tu n'es pas obligée de l'embrasser.

— Il faut l'embrasser ?

— Non, tu ne l'embrasseras pas. Dépêche-toi. »

Sandro prit la main d'Adriana et il s'aperçut qu'elle tremblait. Elle tenait toujours le panier dans l'autre main.

« Il est tard, dit Sandro. Dépêche-toi. Laisse ce chat.

— S'il te plaît, Sandro, laisse-moi le prendre.

— C'est bon, prends-le. Mais surtout, que personne ne s'en aperçoive, sinon j'aurai des histoires. »

« Qu'est-ce que tu veux ? » demanda une grosse femme en noir, qui avait un fichu sur la tête.

Au-dessus d'une table immense, un néon donnait une lumière violente. Des femmes s'affairaient. L'une versait de la farine dans une jatte qu'elle mélangeait à du lait, une autre vidait un poulet, une troisième tournait une sauce. Les plats de légumes et de viande côtoyaient, sur une nappe à moitié pliée, un gros poisson, tordu et raide, d'un gris luisant qui tirait sur le vert, l'œil sorti, attendant d'être écaillé. Sur un buffet, qui prenait un pan de mur entier, trônait un compotier débordant de pêches duveteuses et de prunes violettes ; des carafes de cristal étaient alignées, remplies à demi d'un vin presque noir. Les fourneaux étaient allumés, les fumets embaumaient. Adriana se sentit enveloppée par cette chaleur odorante ; elle n'osait pas faire un pas et se tenait près du seuil, sans rien dire. Les femmes ignoraient sa présence, sauf celle qui lui avait adressé la parole.

« Qu'est-ce que tu as dans ce panier ? reprit-elle.

— Mon chat. Je…

— Un chat dans ma cuisine ? Tu n'y penses pas ! »

Adriana ne bougea pas. Toutes les femmes la regardaient.

« Qui est cette fille ? dit l'une.

— C'est la fille de la Gitane de la rue Sant'Angelo, dit une autre.

— C'est ma femme », dit Sandro, qui apparut dans l'embrasure de la porte.

Les femmes se turent.

« Je te reconnais », dit une vieille au visage si ridé que l'on ne voyait que ses petits yeux noirs. Ils étaient à fleur de tête, comme ceux des lézards.

« On ne peut pas garder un chat dans une cuisine. Ce n'est pas propre », fit-elle. Tout en parlant, elle nettoyait le gésier et les abats du poulet.

« Il est dans son panier. Elle peut le garder, dit Sandro.

— La signora Marcella sera furieuse si elle l'apprend.

— La signora Marcella n'en saura rien. À moins que l'une d'entre vous n'aille lui rapporter et alors vous aurez affaire à moi. Je saurai bien qui a parlé. Je reviendrai te chercher tout à l'heure », dit Sandro à Adriana, et il sortit.

Adriana tenait le panier serré contre elle. La tête basse, elle n'osait regarder personne, mais toutes les femmes la regardaient.

« Remettez-vous au travail », dit la grosse femme qui lui avait adressé la parole la première.

Adriana entendit une des femmes dire à celle qui avait les yeux de lézard : « Je crois que tu te trompes, Marie, cette petite n'a jamais habité rue Sant'Angelo et sa mère n'est pas une Gitane. Tu dois confondre.

— Je sais ce que je dis, Francesca. C'est bien elle que j'ai vue traîner dans la rue tout l'été dernier. Mais tu as raison, on dirait une Arabe. Enfin, Gitane, Arabe, c'est du pareil au même.

— Tais-toi, Marie ! cria la grosse femme qui était aux fourneaux. Viens par ici, petite. Comment tu t'appelles ?

— Adriana.

— Adriana, pose ce panier près de la porte et lave cette vaisselle. Marie, as-tu fini avec ces abats? Il faut abaisser la pâte. Francesca, va te reposer un peu au jardin.

— Je ne suis pas fatiguée, Antonia.

— Comme tu voudras, dit Antonia. Vous autres, prenez les assiettes du service bleu avec un filet d'or dans le buffet. Sortez l'argenterie. Essuyez les couverts. Les verres se trouvent dans l'argentier du salon. Il faut les rincer au vinaigre blanc. Adriana, quand tu auras fini de laver les ustensiles, tu les aideras. »

Les femmes travaillaient en silence. On n'entendait plus que le cliquetis des couverts qu'on essuyait et rangeait dans leur écrin de velours rouge et le bruit de l'eau qu'Adriana faisait couler. Le chat dormait.

« Il est joli, ce chat, dit Francesca. Comment il s'appelle ?

— Iris, dit Adriana.

— Mais c'est un nom de fleur ! dit Francesca.

— C'est ce que m'a dit Sandro. Il ne voulait pas que je le prenne parce qu'il va conduire la Cadillac.

— Quoi ? dit Marie. Il va conduire la Cadillac ?

— Oui, enfin, je crois, bredouilla Adriana.

— C'était à mon neveu, Franck, de conduire la Cadillac ! Ces deux dernières années, c'est lui qui était le chauffeur de Monsieur Jean.

— Oui, mais c'est Sandro Riucci que Monsieur Jean a voulu voir avant de mourir et pas ton neveu, dit Antonia.

— Je sais, dit Marie. Et je me demande bien pourquoi.

— Ne cherche pas. Tu viens d'avoir la réponse.

— Tu te trompes, Antonia. Monsieur Jean n'a pas pu gaspiller ses derniers moments, qu'il devait à Dieu et aux siens, pour une histoire de voiture. Je me demande ce que ça cache. »

Marie passa près d'Adriana et lui jeta un regard mauvais de ses yeux de lézard.

« Elle me fait peur, dit Adriana à l'oreille de Francesca.

— Elle fait peur à tout le monde, murmura Francesca.

— Adriana ! Viens ! »

C'était Sandro.

« Surveillez mon chat, s'il vous plaît, dit Adriana à Francesca, et elle se précipita dehors.

— Elle n'a pas l'air mauvaise, cette petite, dit Antonia.

— Une petite traînée, dit Marie. Comment tu crois qu'elle a réussi à se faire épouser ? Et cette histoire de Cadillac ? Il faut que je tire tout ça au clair.

— En attendant, pas un mot à la femme de ton neveu, s'il te plaît. Je ne veux pas d'histoires. Fais dresser la table dans le petit salon pour la famille et les proches. J'ai fait installer une grande table dans les anciennes écuries pour les hommes. Nous autres, nous souperons ici, quand tout sera en ordre », dit Antonia.

Adriana suivait Sandro. Elle traversait les couloirs, gravissait les escaliers, éblouie par le luxe des meubles, les rideaux de velours, les tableaux. Des portes étaient entrouvertes sur des pièces richement décorées. Dans la pénombre, elle devinait le reflet mat des bougeoirs en argent, apercevait les torchères de cristal, les cadres lourds des miroirs voilés, les velours mordorés des fauteuils, les tapis dont les motifs jaunes et dorés formaient d'étranges figures, rehaussées de bleu ou de rouge vif. Les portes vitrées des meubles luisaient. Le corridor sentait le cuir et la cire. L'air embaumait du parfum entêtant des fleurs disposées dans de grands vases. Elle en était tout étourdie.

« Comme c'est beau ! souffla-t-elle dans l'oreille de Sandro.

— Quand tu entreras dans la chambre, incline-toi devant la dépouille de Monsieur Jean. Salue la signora Marcella, puis son neveu.

— Je ne veux pas y aller.

— Tu ne vas pas recommencer !

— J'ai peur, Sandro.

— Tu n'as aucune raison d'avoir peur. Dépêchons-nous. Il faut que j'aille m'occuper de la voiture.

— Sandro, j'ai dit que tu conduirais la Cadillac.

— Qu'est-ce qui t'a pris ? Ces vieilles guenons auraient toujours eu le temps de l'apprendre. J'aurais pas dû te le dire.

— C'est à cause du chat, chuchota Adriana.

— Quoi encore avec ce chat ?

— C'est Francesca. Elle est gentille. Mais l'autre, celle qu'on appelle Marie, elle n'avait pas l'air contente.

— Je ne comprends rien à ce que tu dis ! Que vient faire le chat là-dedans ?

— La vieille Marie disait que c'était à son neveu de conduire la Cadillac.

— Qui ? Franck Monterossi ?

— Oui. Et puis elle ne comprenait pas pourquoi le vieux Montadori a voulu te parler avant de mourir.

— Qu'elle aille se faire voir ! Et toi, à partir de maintenant, tu tiens ta langue. Sinon je ne te montre pas la voiture. Arrange-toi un peu. Nous y sommes.

— J'ai peur », dit Adriana.

Une dizaine de personnes étaient assises dans l'antichambre. Sandro reconnut Zanotti, le responsable des logements de la ville, et Arturi, qui avait une entreprise de construction. Il devait sa fortune au vieux Montadori et il était d'une fidélité à toute épreuve envers la famille. Ce n'était pas un ingrat comme ce Murtizi, qui s'était présenté à la mairie contre le vieux Montadori. Murtizi était là pourtant, dans la pénombre. Personne n'avait songé à le chasser ou à lui interdire la chambre mortuaire. On n'avait pas non plus ébruité qu'il avait été convenu que Philippe Montadori succéderait à son oncle à la mairie. Par pudeur, avait-on dit, l'annonce de son élection serait faite après l'enterrement. Le neveu suivait en cela les commandements de l'oncle : « En politique, disait le vieux Montadori, il faut tenir les imaginations bridées. » Hormis avec Murtizi, cela lui avait réussi. Il n'avait jamais connu de véritable opposant. La peur d'échouer les avait arrêtés plus sûrement que le goût naturel de la conquête. Les femmes participaient au maintien de cette prudence intéressée. Elles n'aspiraient qu'à la tranquillité, la crainte gouvernait tout et on ne savait pas jusqu'où pouvait aller la férocité du vieux Montadori. On la redoutait et, plutôt que d'avoir à l'éprouver, on pliait devant lui. Dans cette antichambre, on sentait la soumission plus que la tristesse, et le désir de continuer à plier sous le joug et à faire semblant de ne pas le subir. C'était devenu chez certains une seconde nature, qui faussait tout.

Sandro regarda Murtizi, à demi recroquevillé sur sa chaise. Le vieux Montadori avait feint de lui pardonner, le jour même de son élection triomphale, et Murtizi ne s'était jamais remis de sa clémence : rares étaient ceux qui n'avaient pas rompu toute relation avec lui. On le voyait errer en ville des après-midi entiers. Avec le temps, la gêne du début avait fait place au mépris : on l'ignorait avec superbe. On s'étonnait seulement de l'entêtement qu'il mettait à vérifier sa disgrâce. Il fréquentait le café Napoléon où les serveurs le laissaient évoquer, sans l'écouter, l'époque de sa splendeur. Le vieux Montadori, quand il le croisait, faisait montre d'une grande politesse envers lui et Murtizi ne comprenait pas l'hostilité qu'on lui manifestait. Il croyait à un malentendu qu'il passait son temps à vouloir lever. Sandro avait fait comme les autres. Il ne le saluait plus.

La porte de la chambre était ouverte. Sandro et Adriana s'arrêtèrent sur le seuil. L'air empestait le désinfectant. On y voyait à peine. Les volets étaient clos, mais les rideaux n'étaient pas tirés et les jalousies laissaient filtrer une lueur jaune. Leur ombre se projetait sur le mur et le lit, formant des traînées de lumière, qui barraient la poitrine du mort.

Quatre grands candélabres avaient été disposés autour du lit. La signora Marcella était assise, à demi dans la pénombre, son neveu se tenait à sa gauche. Sandro prit Adriana par la main et la força à avancer. Elle se signa devant le mort, fit une révérence à la signora Marcella, tendit la main à Philippe Montadori qui se leva et fit un pas vers elle. La lumière des bougies éclaira un instant son visage, y dessinant des ombres mauves sous les yeux. Il saisit la main qu'Adriana lui tendait et la porta à ses lèvres. Comme elle ne bougeait pas, Sandro lui fit signe de reculer et elle vint se placer à ses côtés, au pied du lit.

Les chaussures du mort étaient neuves ; les semelles brillaient ; un rayon de lumière frappait son alliance en or et un bouton de son veston, qui pendait. Les mains, croisées sur la poitrine, serraient un chapelet d'ambre. Elles étaient tavelées et noires ; l'alliance flottait sur un doigt long et osseux. Adriana détourna les yeux. Philippe Montadori la regardait fixement. Elle sentit sa gorge se serrer. L'odeur de désinfectant l'entêtait. Les larmes lui montèrent aux yeux et elle eut envie de fuir cette chambre, mais elle n'osa pas esquisser le moindre geste. Ne sachant comment avertir Sandro, elle lui jetait des regards à la dérobée, mais il ne bougeait pas. Elle soupira. Philippe Montadori glissa quelques mots à l'oreille de sa tante et sortit pour revenir presque aussitôt accompagné de Joséphine ; elle se pencha au-dessus du mort et s'accroupit pour coudre le bouton de sa veste. Adriana profita de tout ce mouvement pour faire signe à Sandro de partir. Il resta encore un moment immobile et parut enfin se décider. Ils saluèrent de nouveau Philippe Montadori et sa tante. La signora Marcella, qui avait le visage dissimulé sous un lourd voile de crêpe, semblait pétrifiée.

Ils sortirent sans un mot. Quand ils passèrent dans l'antichambre, les conversations s'arrêtèrent, mais ils ne le remarquèrent pas. Ils avaient hâte de quitter cette maison et de se retrouver à l'air libre.

« Je n'en pouvais plus, dit Adriana.

— Je sais. C'est fini maintenant. N'en parlons plus.

— Quelle belle maison ! Je n'imaginais pas que ça puisse exister ! J'en ai vu au cinéma et à la télé, chez mes voisins, quand on habitait dans le Sud. Pourquoi on n'a pas la télé, nous autres ?

— Je préfère la radio.

— Tu es bien le seul !

— C'est bizarre, dit Sandro, le vieux Montadori semblait sourire. Tous les morts semblent sourire. Ils ont l'air heureux.

— Je ne sais pas, dit Adriana. Je ne l'ai pas regardé. Je trouve que c'est une drôle d'idée de penser que les morts sont heureux.

— Mon père, c'était pareil. Il n'avait pas le visage torturé qu'il avait avant de mourir. Comme s'il était apaisé.

— Et ta mère ?

— Je ne m'en souviens plus.

— Tu crois que la signora Marcella et son neveu ont du chagrin ?

— Le deuil camoufle les sentiments, mais, d'après moi, personne ne le regrettera, le vieux Montadori, dans cette maison.

— Il n'est pas marié, le neveu ?

— Il paraît qu'il a une fiancée sur le continent.

— Pourquoi elle n'est pas venue ?

— Ils ne me disent pas ce qu'ils font et je ne le leur demande pas. Ce n'est pas parce qu'on est dans leur maison qu'on fait partie de leur famille et qu'on peut leur poser toutes les questions qui vous passent par la tête, comme tu fais en ce moment avec moi. Tu ne réfléchis pas assez, Adriana. Je te l'ai déjà dit. Tu es trop en confiance tout de suite.

— Tu dis ça à cause de la Cadillac ?

— Pas seulement.

— Mais je ne parle jamais à personne !

— Parce que t'en as pas l'occasion. Si je ne te surveillais pas, tu dirais n'importe quoi. Des choses qui doivent rester entre nous, des choses secrètes.

— Je ne vois pas ce que nous avons à cacher.

— Tu es trop jeune pour comprendre. Contente-toi de faire ce que je te dis.

— Mais cette femme était si méchante avec moi ! Elle a dit que j'étais la fille d'une Gitane et…

— Oh, ça va, Adriana ! Ça ne fait rien pour la Cadillac, mais ne leur parle plus de rien.

— Tu as l'air bizarre, toi aussi, dit Adriana.

— Je suis fatigué.

— Tu es sûr qu'il n'y a rien d'autre ?

— Qu'est-ce que ça peut te faire? » dit Sandro d'une voix lasse.

Adriana avait peur que Sandro ait vu les regards que lui jetait Philippe Montadori, mais il ne lui fit aucune remarque. Il la raccompagna jusqu'à la cuisine, lui dit qu'il allait essayer la Cadillac et, s'il avait le temps, il viendrait la chercher pour la lui montrer.

Francesca et Antonia étaient seules. Le chat dormait dans son panier. Adriana le prit délicatement et, du bout des doigts, lui caressa le dos. Le chat s'étira. Tout était tranquille. Elle n'avait plus peur. Le vrombissement d'un moteur rompit le silence.

« C'est Sandro! » cria Adriana, et elle se précipita dehors. Les deux femmes la suivirent. Elles virent la limousine avancer lentement dans l'allée et tourner sur elle-même.

« Mince, qu'elle est belle ! » dit Adriana.

Elles restèrent toutes les trois un moment, sur le pas de la porte, à regarder la voiture manœuvrer, et retournèrent à la cuisine.

« Voilà ton mari, petite, dit Antonia.

— Dépêche-toi, Adriana, dit Sandro. J'ai besoin de dormir un peu. Je dois retourner bientôt à la veillée funèbre.

— Je pourrai venir aussi ?

— Qu'est-ce qui te prend ? dit Sandro. Tout à l'heure tu ne voulais pas y aller !

— J'aimerais mieux être avec toi que rester toute seule. J'ai demandé la permission à Antonia. Elle n'a plus besoin de moi ce soir.

— Tu n'as pas besoin de la permission d'Antonia mais, si tu viens ce soir, il faudra laisser le chat.

— Pourquoi ? dit Adriana. Je lui donnerai du lait, il dormira toute la soirée et nous pourrions passer un moment tous les deux sous les arbres et après, ce serait une belle balade de rentrer ensemble.

— Ce n'est pas une partie de plaisir, c'est une veillée funèbre. Je ne vais pas aller sous les arbres.

— Et la Cadillac ? Tu m'as promis de me la montrer.

— Et alors ? Tu ne l'as pas vue ?

— Oui, mais comme tout le monde. Tu ne me l'as pas montrée comme tu me l'avais promis. Ce soir, peut-être…

— Je ne sais pas encore. Nous verrons tout à l'heure.

— Je suis fatiguée, moi aussi. Je resterai à la maison.

— Mais non, après tout, ça nous changera de sortir et, au retour, on pourrait aller au Luna Park, si ça te dit.

— Vraiment ? Tu veux bien ? Oh ! Sandro, comme tu peux être gentil quand tu veux ! Je mettrai ma robe à fleurs.

— Il vaut mieux que tu restes habillée comme tu es. Une robe à fleurs rouges, ce n'est pas une tenue pour aller à une veillée funèbre.

— Je n'y avais pas pensé. J'ai hâte d'être à ce soir. J'ai toujours rêvé d'aller au Luna Park. Mon père n'a jamais voulu. Je suis tellement contente ! Allume la radio, Sandro. Mets cette musique que tu aimes. Ce sera plus gai.

— Non. Je n'ai pas envie d'écouter de la musique. Ça me flanque le cafard.

— D'habitude…

— Oui, mais aujourd'hui, rien n'est comme d'habitude. Mon père est mort un jour comme celui-là et, à l'église, on a mis un disque de Sinatra et je ne sais pas pourquoi je m'en suis souvenu tout à l'heure et ça m'a fichu le cafard.

— Qui a eu l'idée de cette musique à l'église ?

— Mon père. Si tu l'avais connu, tu n'aurais pas posé la question. Il avait découvert cette musique avec les Américains. Il avait fait le débarquement de Normandie avec eux.

— De Normandie ? C'est où ?

— Sur le continent. C'est loin.

— Et après ?

— Vraiment, ça t'intéresse ?

— Mais oui ! Tu ne me racontes jamais rien ! Je ne suis pas idiote !

— Eh bien ! C'est parce qu'il aimait cette musique qu'on appelait mon père l'Américain. C'était à la fin de la guerre. Il avait une vingtaine d'années.

— Ils sont venus ici, les Américains ?

— Non, ici, on en a eu assez avec les Italiens. Ton père ne t'a pas raconté ? Il n'a pas fait la guerre ?

— Mon père, même s'il a fait la guerre, il ne parle jamais de rien. Et toi, tu te souviens des Italiens ?

— Non. Je suis né un an après la fin de la guerre. Mon père est rentré et il s'est marié très vite. Je crois que ma mère était enceinte, mais je ne suis pas sûr. On ne parlait pas de ces choses-là.

— Et pour la musique ?

— En cinquante-deux ou cinquante-trois, un type a ouvert un magasin de disques, près du marché. Il est fermé maintenant. Il y a un coiffeur à la place.

— C'est dans la ruelle qui donne sur le Vieux-Port ?

— Oui. C'est pendant tes vagabondages que tu as reconnu la ville comme ça ?

— Qu'est-ce que ça peut faire, Sandro ? Je ne te connaissais pas. Parle-moi encore de ton père.

— Oui, ça vaut mieux. Après son mariage, il n'a plus eu envie de découvertes. Il se contentait d'écouter les disques de Sinatra et d'en prendre soin. Il disait souvent que s'il avait été plus jeune, il serait allé en Amérique pour le voir en chair et en os, Sinatra. Voilà ce que j'ai entendu mille fois dans la bouche de mon père.

— Et pour son enterrement ?

— On s'est retrouvés avec ma mère et le curé, tous les trois seuls comme des idiots, à écouter Sinatra à l'église. Tout le monde était parti.

— Les gens sont méchants.

— Les gens sont comme ils sont. Tu ne peux pas les changer.

— Oh ! Regarde, Sandro, ce grand oiseau ! Juste au-dessus de nous ! Il paraît que ça porte bonheur.

— C'est ta mère qui t'a mis ce genre de bêtises dans la tête ?

— Non. Pourquoi tu dis ça ? Toi, tu n'es jamais heureux ?

— C'est pas le passage d'un oiseau qui va me rendre heureux.

— Tu n'es pas content de conduire la Cadillac ?

— Ce n'est pas la même chose.

— Alors qu'est-ce qui te rend heureux ? Moi, je suis heureuse d'aller au Luna Park.

— Mais qu'est-ce que tu as, Adriana ? Tu n'as

jamais autant parlé. Ça ne te réussit pas d'être allée chez le vieux Montadori. Je ne te reconnais plus.

— Tu ne veux plus que je parle ?

— Tu peux parler, mais arrête de parler de choses comme ça.

— Alors, je ne sais plus quoi dire.

— Alors, ne dis rien. Tu as toujours mal au pied ?

— Non, je ne sens plus rien. Je pourrai venir tout à l'heure ?

— Oui, tu viendras.

— Et tu me montreras la Cadillac ? Je pourrai m'asseoir dedans ? Et après, on ira au Luna Park ? C'est sûr, Sandro ?

— Laisse-moi tranquille, Adriana. Je suis fatigué.

— Je sais.

— Où est le chat ?

— Il dort. Il dort tout le temps. Tu crois que c'est normal ?

— Tous les chats mangent et dorment tout le temps.

— Tu ne crois pas qu'il est malade ?

— Non. Il n'est pas malade. Adriana, s'il te plaît, laisse-moi tranquille. »

Adriana se tourna, prit le chat sur la banquette arrière et le mit dans son cou. Elle ne disait plus rien. Elle caressait le chat et fermait à demi les yeux.

« J'ai vu comment il te regardait, Philippe Montadori, dit Sandro.

— Je n'ai pas fait attention.

— Oui, tu as fait attention. Et même, tu as eu peur que, moi, j'y fasse attention.

— Tu te trompes, Sandro. Je n'ai rien remarqué. Dans cette chambre, il faisait si sombre.

— C'est pour ça qu'il te regardait comme ça. Il croyait que je ne voyais rien. Méfie-toi, Adriana.

— C'est pour ça que tu étais bizarre, quand nous sommes sortis de la chambre ?

— Pour ça et autre chose que je ne peux pas te dire. Parce que tu n'es pas une femme à qui je peux faire confiance. Tu n'es pas une femme du tout.

— Oh, Sandro ! Pourquoi es-tu si méchant toi aussi avec moi maintenant ?

— Tu n'as pas intérêt à regarder Philippe Montadori, c'est tout ce que je veux dire. »

Adriana serra le chat contre elle. Sandro vit qu'elle pleurait.

« Je n'aurais pas dû les écouter. Je n'aurais jamais dû l'emmener là-bas », dit-il à voix basse.

Quand ils revinrent à la Villa, il était dix heures passées. Adriana et Sandro virent de loin la masse sombre de la maison. Seul le perron était éclairé. On avait mis des lanternes sur les marches et dans les allées et disposé des tables et des chaises dans le jardin. Le dîner était fini. Des groupes de gens s'étaient rassemblés dehors. Dans la pénombre, on ne distinguait que des silhouettes et, de loin, on entendait la rumeur de conversations assourdies. Adriana avait renoncé à emmener le chat. Sandro l'avait convaincue que, s'ils allaient au Luna Park, ils risquaient de l'égarer et, en pleine nuit, ils n'auraient aucune chance de le retrouver.

Quand ils approchèrent du perron, Sandro s'entendit appeler : c'était Franck Monterossi.

« J'ai compris pourquoi tu n'as rien voulu me dire tout à l'heure. C'est à cause de la voiture.

— Je n'y peux rien, dit Sandro. Je ne peux pas refuser. Tu comprends ?

— Ne t'en fais pas, ça m'est égal. Je n'ai jamais

attendu de reconnaissance des Montadori. Pendant deux ans, j'ai été jour et nuit à la disposition du vieux Montadori et voilà comment je suis récompensé. Tu verras, ils feront la même chose avec toi.

— Ils ont toujours été corrects avec ma famille. Je ne peux pas me plaindre, Franck, et j'ai toujours su que les riches ne sont pas comme nous.

— Et qu'est-ce qu'ils ont de plus ?

— L'argent, Franck. Les Montadori n'ont jamais su ce que c'était de manquer d'argent. Ils se sont réglés sur l'abondance. Ils ont appris à parler, à danser, à marcher, à manger, dans l'abondance. Ils ne supporteraient pas de nous voir manger. On ne mâche même pas de la même façon, Franck.

— Je ne te suis pas là-dessus, Sandro. Pour moi un homme en vaut un autre.

— Ce n'est pas la question, Franck. Mais enfin, puisque tu ne m'en veux pas pour la Cadillac, c'est l'essentiel.

— Ma tante Marie dit que ce n'est pas possible que le vieux Montadori t'ait fait appeler simplement pour te dire de conduire la Cadillac le jour de son enterrement.

— Je n'ai jamais empêché personne de penser comme il voulait et ce n'est pas avec ta tante que je vais commencer.

— Oui, mais elle a dit qu'elle chercherait à tirer ça au clair, dit Adriana.

— Tais-toi, Adriana !

— Je l'ai entendue dans la cuisine…

— Tu vois, Sandro, ta femme ferait mieux de rejoindre les autres. Elles sont dans l'antichambre. Le prêtre est venu, il dit le rosaire. Je te laisse. On se voit plus tard. Je suis avec Paul et André. Rejoins-nous dès que tu peux.

— Tu me fais perdre la face devant mes amis, Adriana. Qu'est-ce qui te prend ?

— Celui-là, ce n'est pas ton ami. Il voulait juste savoir ce que t'a dit le vieux Montadori. D'ailleurs, si tu n'as pas envie de le dire, tu pourrais dire qu'il voulait que tu conduises la Cadillac pour son enterrement.

— Je ne peux pas dire ça, Adriana.

— Et pourquoi ? Comme ça, on te ficherait la paix.

— On ne me ficherait pas la paix. On saurait que je suis un menteur. Parce que j'ai su que je conduirais la Cadillac par Philippe Montadori et deux types que je ne connaissais pas et il y avait même la signora Marcella pour me l'annoncer, figure-toi.

— Mais qu'est-ce qu'il t'a dit, à la fin, le vieux Montadori ?

— Je ne peux pas te le dire, Adriana.

— Pas même à moi ?

— Pas même à toi.

— C'est grave ?

— Ne commence pas, Adriana. Oublie ce que je viens de te dire. Si Philippe Montadori ou quelqu'un d'autre t'interroge là-dessus, tu ne sais rien. La seule chose que tu sais, c'est que je n'ai rien entendu et que je n'ai pas osé faire répéter le vieux Montadori, vu que je le connaissais à peine, que c'était mon patron et qu'il était en train de mourir. Tu n'oublieras pas, Adriana ?

— Non, Sandro.

— On ne pourra pas rester ensemble. Je dois rejoindre les autres. Et toi, les femmes.

— Je ne veux pas aller avec elles. J'ai vu le mort une fois, ça suffit.

— Alors, va te promener sous les arbres, mais ne t'éloigne pas. Je ne veux pas être obligé de courir après toi pour te retrouver. Reviens dans une petite heure et surtout ne te fais pas remarquer.

— D'accord. Qu'est-ce que tu as, Sandro ? Tu peux me le dire, à moi. Tu as l'air si triste. C'est à cause du vieux Montadori ?

— Non, ce n'est pas à cause de lui. Je suis triste, c'est tout.

— C'est à cause de moi ?

— Non, ce n'est pas à cause de toi.

— De Philippe Montadori ?

— Je n'y pensais même plus, à celui-là. Tu aurais dû emmener le chat, finalement. Tu te serais sentie moins seule.

— T'en fais pas, Sandro, ça ira. Tu es toujours d'accord pour aller au Luna Park ?

— Si ce n'est pas trop tard. Je dois me lever tôt demain et j'ai besoin de dormir. Je n'y suis pas arrivé tout à l'heure.

— On ne restera pas longtemps. Tu m'as promis ! Et la Cadillac, quand est-ce que tu me la montres ?

— Il faudra attendre un peu. On se rejoint ici dans une heure. Il y aura moins de monde. Je me débrouillerai pour t'emmener au garage et te la faire voir. Rappelle-toi tout ce que je t'ai dit. Ne parle à personne.

— Ne t'inquiète pas.

— Alors, à plus tard.

— À plus tard », dit Adriana et, avant de partir, du bout des doigts, elle caressa les lèvres de Sandro et y déposa un baiser.

Ce n'est qu'une gosse, se dit Sandro, et Dieu sait ce qu'il va nous arriver maintenant.

Adriana voyait les gens aller et venir. Elle ne connaissait personne et regrettait de ne pas avoir pris son chat avec elle. Elle fit le tour de la maison. La cuisine était éclairée. Elle fut tentée d'y aller et puis elle pensa à la vieille Marie et à ses yeux de lézard et y renonça ; elle fit le tour du jardin. Elle admira les grands arbres, les allées ratissées, les fleurs, l'ordre qui y régnait. La chaleur était un peu moins forte et Adriana avait du plaisir à se promener en liberté sans avoir à craindre la colère de Sandro. Elle croisa des personnes qui parlaient à voix basse. Les crissements du gravier l'avertissaient de leur présence. Elle se déchaussa, traversa la pelouse et alla s'asseoir sous les arbres. Elle s'appuya contre le tronc d'un pin parasol. Il était immense. Ses branches cachaient le ciel.

Adriana se leva et changea de place ; elle regardait le ciel et tentait de reconnaître les constellations des étoiles. « La Grande Ourse, la Petite Ourse, Cassiopée », dit-elle à voix basse. Elle n'était pas sûre de ne pas se tromper, mais elle s'enchantait de regarder les étoiles, de dire leurs noms, de cette nuit chaude qu'elle passait dehors. Peu lui importait que ce fût une veillée funèbre. Pour elle, c'était la première occasion depuis longtemps de se sentir libre et de jouir de cette liberté. Elle ne regrettait même plus de ne pas avoir emmené le chat. Elle continua à explorer le jardin et trouva un banc, un peu à l'écart, caché par des massifs de lavande. Elle en arracha quelques grains qu'elle écrasa entre ses doigts et respira le parfum subtil qu'ils exhalaient. L'air était doux. Adriana se sentait bien.

« Moi aussi, j'aime beaucoup la lavande », dit une voix derrière son dos.

Adriana poussa un cri.

« N'ayez pas peur. C'est moi, Philippe Montadori. Je ne vous veux aucun mal. Je veux seulement échanger quelques mots avec vous, si vous le permettez. »

Adriana murmura : « J'ai peur.

— Vous n'avez aucune raison d'avoir peur, Adriana. C'est bien ainsi que vous vous prénommez, n'est-ce pas ? »

Elle esquissa un mouvement pour partir. Philippe Montadori la retint fermement par le bras.

« Attendez, dit-il sèchement. Je n'en ai que pour un instant. Je vous en prie. Accordez-moi une minute », reprit-il plus doucement.

Adriana fit oui de la tête. Elle n'arrivait pas à parler.

« Votre famille, je veux dire celle de Sandro, est

une alliée de la nôtre depuis toujours. Le père de Sandro a fait toutes les campagnes électorales de mon oncle. L'Américain, comme on le surnommait, connaissait tout le monde dans les vieux quartiers. Il savait ce qu'il fallait faire et il a appris à son fils comment faire. Mon oncle lui en a toujours su gré. Ce sont des amis fidèles et, à l'époque actuelle, c'est très important de compter des amis comme Sandro. C'est très précieux.

— Oui, monsieur, parvint à dire Adriana.

— À la bonne heure, vous parlez ! » dit Philippe Montadori.

Adriana sourit. Philippe Montadori parlait vite : « Je ne vous veux pas de mal, dit-il, bien au contraire. Je vous aime beaucoup, vous et Sandro. Je trouve que vous formez un beau couple. Cela fait des jalousies. C'est inévitable, n'est-ce pas ? J'ai entendu parler de cette histoire de chat dans la cuisine. Vous pouvez emmener ce chat et faire comme il vous plaira. Et si l'on vous fait une remarque, vous direz que vous avez mon autorisation. D'accord ?

— D'accord. Mais je crois que Sandro m'attend. Je dois y aller.

— Je ne veux pas vous retenir plus longtemps, mais beaucoup s'interrogent sur ce que mon oncle, sur son lit de mort, a pu dire à Sandro. Il vaudrait mieux qu'il dise la vérité. Vous comprenez ?

— Oui, monsieur.

— Rappelez-vous que je suis votre ami et celui de Sandro. Je n'aimerais pas que certains lui en veuillent de mentir ou de cacher quelque chose. Vous comprenez ?

— Oui, monsieur.

— Je crois que le mieux serait qu'il vous le dise et vous me le répéteriez ensuite. Le mieux serait aussi de ne pas dire à Sandro que vous m'avez vu.

— Mais Sandro ne sait rien ! Il n'a pas entendu...

— Certes. Il l'a déjà dit. J'aimerais mieux savoir ce que mon oncle lui a dit. Non par curiosité, mais pour le protéger. Vous comprenez, Adriana ? »

Adriana fit oui de la tête.

« Je peux y aller, maintenant ? Sandro m'attend. Il voudrait me montrer la Cadillac.

— Quelle bonne idée ! Mais ne lui dites pas que nous nous sommes vus. »

Sandro avait rejoint ses amis et ils avaient bu quelques verres de vin. Ils ne pouvaient pas se saouler le soir de la veillée funèbre de Jean Montadori, mais ils burent assez pour être un peu gris ; ils avaient des gestes lents et souriaient sans raison. Sandro n'était pas ivre, pas même gris. Il pensait à Adriana. Il ne voulait pas la faire attendre ni la laisser trop longtemps toute seule. Il prit congé.

Adriana l'attendait sur le perron.

« Qu'est-ce que tu as ? dit Sandro.

— Rien. J'avais peur que tu ne viennes pas et qu'on rate le Luna Park.

— Tu es sûre qu'il n'y a rien d'autre ? Tu n'as vu personne ?

— Non, je te jure, Sandro, je n'ai vu personne. Je suis restée sous le grand arbre là-bas à t'attendre et je commençais à m'inquiéter de ne pas te voir. Et c'est tout.

— Tu as l'air moins contente d'aller au Luna Park.

— Je suis un peu fatiguée.

— On peut y aller une autre fois, si tu veux.

— Oh, non ! Je me reposerai dans la voiture. »

Sandro lui jeta un coup d'œil suspicieux.

« Quelque chose ne va pas, je te connais.

— J'ai peur, Sandro.

— Tu as peur de quoi ?

— J'ai repensé à tout ce que tu m'as dit tout à l'heure et ça me fait peur.

— Tu n'as aucune raison d'avoir peur.

— Le vieux Montadori ne t'a pas dit quelque chose qui peut te faire du tort ?

— Je t'ai déjà dit que je ne veux plus parler de ça.

— Comme tu voudras, Sandro. Dis-moi seulement s'il t'a dit quelque chose qui peut te faire du tort.

— Ne t'occupe pas de ça. Ça m'ennuie, mais je ne pourrai pas te montrer la Cadillac ce soir.

— Tu m'avais promis !

— Si on tarde trop, le Luna Park sera fermé. Je t'emmènerai demain faire un tour dans la Cadillac.

— Comment tu feras ?

— Je m'arrangerai entre deux trajets à l'aéroport. Après tout, on a le droit de prendre un peu de bon temps, nous aussi. Je ne veux pas te voir si triste. Viens. Fichons le camp d'ici. »

Adriana prit le bras de Sandro et ils s'engagèrent dans l'allée.

« J'ai mal au pied.

— Si tu veux, nous irons demain au Luna Park. Ce soir, on pourrait aller boire un verre sur le port. Demain, tu iras mieux. On pourra en profiter davantage.

— Oui, Sandro. Tu as raison. Mais je n'ai pas envie d'aller sur le port. Rentrons à la maison. Il est tard. »

Il ne faisait pas encore jour quand Sandro se leva. Il ramassa ses vêtements dans l'obscurité, s'habilla sans bruit, ouvrit doucement la porte et se glissa dans le couloir. Il était rompu de fatigue. Il se rinça le visage dans la salle d'eau, mais la fatigue ne disparut pas.

Il descendit l'escalier à tâtons et ne croisa personne. Dans la rue, il n'y avait pas un souffle d'air. La fraîcheur de la nuit s'était déjà dissipée. Le ciel virait au mauve. Il alla jusqu'au Vieux-Port. Seuls quelques réverbères éclairaient faiblement les quais déserts. Tous les cafés étaient fermés. Il s'assit à une terrasse et alluma une cigarette. Il était encore trop tôt pour aller chez les Montadori.

Sandro avait la certitude qu'Adriana avait parlé à Philippe Montadori ou à l'un des deux hommes, peut-être le plus antipathique, celui qui s'était présenté à lui sous le nom de Cinti. On avait dû lui faire peur, la menacer. Adriana n'avait rien dit, mais son refus d'aller au Luna Park ou même de prendre un verre ne lui ressemblait pas. Que pouvait-il faire ? Ramener Adriana chez ses parents lui paraissait le plus sage, mais elle refuserait d'y aller et c'était le premier endroit où on irait la chercher. S'enfuir avec elle ? Mais pour aller où ? Et avec quel argent ? Non, il fallait s'en tenir à ce qu'il avait décidé. Conduire la Cadillac, faire tout ce qu'on lui demanderait, ne rien dire. Il était obsédé par les paroles du vieux Montadori. Il se rappelait tout : le bruit de respiration dans son oreille, la main osseuse, crispée sur son poignet, l'odeur aigre des cheveux et la voix faible, à peine audible, qui lui avait semblé irréelle comme dans les rêves. Dans le silence de l'aube, Sandro se demandait s'il ne s'était pas trompé, si le vieux Montadori, sur son lit de mort, lui avait bien dit ce qu'il avait entendu, mais il ne pouvait se cacher que ces quelques mots que le vieil homme avait prononcés à voix basse s'étaient détachés nettement, comme un poison qu'il aurait lentement distillé, y mettant ses dernières forces, et Sandro ne pouvait les confondre avec rien d'autre, à cause de leur simplicité même. Il se les représentait encore avec cette netteté atroce : « Tu es mon fils », avait dit le vieux Montadori et, après ces mots, il n'avait plus ouvert la bouche et il était mort.

Pourquoi avoir attendu d'être à l'article de la mort pour lui avouer qu'il était son père ? Sandro n'arrivait pas à le croire. On ne pouvait pas découvrir tout d'un coup ces choses-là. Il aurait dû les apprendre à la mort de l'Américain ou plus tard, à la mort de sa mère. Or, personne n'en avait jamais soufflé mot. Seules la puissance du vieux Montadori et la crainte qu'il inspirait pouvaient expliquer ce silence. Tant de familles dépendaient de lui, d'une manière ou d'une autre, pour une pension, une aide, un emploi, que personne n'était assez fou ou seulement assez courageux pour aller risquer de perdre son gagne-pain à cause d'une histoire qui ne le regardait pas. Cela ne voulait pas dire que tout le monde l'ignorait. On l'avait peut-être toujours su et on avait gardé cette histoire pour soi. Sandro n'était certain que d'une seule chose : l'Américain ne l'avait jamais su et ne s'en était jamais douté. Il avait du respect pour Jean Montadori : « Rester le meilleur, ne jamais faillir, tenir tous ces gens, ce n'est pas donné à tout le monde et ceux qui ne le croient pas n'ont qu'à essayer », disait-il. Jamais Sandro ne l'avait entendu critiquer le vieux Montadori et il l'aurait fait certainement, s'il avait su. Dieu sait d'ailleurs ce qu'il aurait été capable de faire, s'il avait su. De cela aussi, le vieux Montadori avait dû se méfier.

La mésentente avec sa femme, l'Américain l'attribuait à l'usure de la vie, qui abîme tout, c'était ce qu'il disait toujours. Pour l'épouser, elle avait renoncé à tout ce qu'on lui avait appris, tout ce pour quoi elle avait été élevée et elle l'avait regretté toute sa vie. Tout ce qui l'avait séduite chez l'Américain, sa désinvolture, son goût pour la musique, son imprévoyance, aux premières difficultés rencontrées, était devenu le motif de tous ses griefs. Voilà ce que Sandro avait toujours cru et ce qu'on lui avait toujours dit. Il comprenait maintenant que sa mère avait vécu dans le mensonge. Elle avait trompé son père et lui avait fait porter le poids de sa faute sa vie entière. Et sa grand-mère, Marthe, n'avait jamais pardonné à sa fille, non pas qu'elle eût épousé l'Américain, mais qu'elle ne soit pas arrivée à se faire épouser de Jean Montadori, car après avoir été délaissée par l'homme le plus puissant et le plus riche de la ville, elle n'aurait pu épouser que l'Américain ou un type de son espèce. Elle ne pouvait lui en vouloir de ce qui était devenu une fatalité. Elle l'avait détestée pour cette honte secrète et le lui avait fait payer par une rupture sur laquelle elle n'était jamais revenue. Cependant, sa grand-mère l'avait recueilli, lui, pendant deux ans parce que, enfant, il avait failli mourir. Elle l'avait sauvé, soigné, choyé et n'avait plus jamais voulu entendre parler de lui non plus. Il ne l'avait jamais revue. Mais peut-être sa mère avait-elle menti pour Marthe aussi ? Peut-être s'était-elle vengée en privant la grand-mère de son petit-fils ? Et l'Américain avait ressassé toute sa vie la déception de sa femme, avait donné dans l'illusion qu'elle avait tout sacrifié à l'amour qu'elle lui portait et ce n'était qu'un piège. Il souffrait qu'elle ne l'aime plus, mais n'avait jamais imaginé qu'elle ne l'avait jamais aimé. Sandro trouva du réconfort à la pensée que son père n'avait pas soupçonné la vérité. Le mépris de sa femme l'avait écrasé chaque jour de sa vie, avait épuisé ses forces, mais il avait son fils qui le consolait et ce grand amour déçu dont le souvenir brillait comme un phare. Sa mère disait qu'il avait renoncé à tout et lui reprochait son manque d'ambition. Elle avait raison. L'Américain avait une place à la mairie qu'il devait à Jean Montadori, il faisait les campagnes électorales, rendait tous les services qu'on lui demandait, mais alors que d'autres en tiraient profit, lui n'avait jamais voulu toucher un sou, considérant que les questions d'argent ne doivent pas être mêlées à l'amitié.

Sandro se rappela aussi que sa mère disait que, dans sa jeunesse, avant d'être considérée en paria par la bonne société de la ville, elle avait été l'amie de Marcella Spinozi, celle qui allait devenir Mme Montadori. Il se dit alors que le vieux Montadori avait pu la croiser en ce temps-là, en tomber amoureux ou simplement la séduire et l'abandonner. Il avait une réputation de coureur. Non, cela aussi était impossible, il n'aurait pas attendu la fin de sa vie pour convoquer Sandro et lui avouer qu'il était son père. Il avait dû revoir sa mère, mais à cela, Sandro ne voulait pas penser. La seule chose dont il était certain était que le vieux Montadori — sans doute pour ne pas éveiller les soupçons de l'Américain — n'avait jamais donné d'argent à sa mère ; de cela, il était sûr. De sorte que, pensa Sandro, il ne lui devait rien, ni à lui ni à personne. Mais le plus terrible était qu'il n'arrivait plus à considérer l'Américain comme son père. Quand il avait entendu l'aveu du vieux Montadori, Sandro avait senti une haine féroce naître dans son cœur. Mon père, se répéta-t-il, c'était l'Américain. Avec Adriana, c'était la seule chose de bonne qu'il avait eue dans sa vie et il savait qu'il ne devait pas s'attendre à en avoir beaucoup d'autres. L'amour de son père, il pouvait vivre dessus jusqu'à son dernier souffle, mais depuis que le vieux Montadori lui avait parlé, son enfance aussi était comme un paradis perdu. L'autre lui avait assené ce coup en traître, alors qu'il allait mourir. Sandro ne pourrait même pas se venger de cette traîtrise, qui détruisait une partie de sa vie, comme si son père n'avait jamais existé, comme si, à travers cette confession, le vieux Montadori avait voulu humilier l'Américain une dernière fois. Sandro n'avait pas pensé un seul instant que le vieux Montadori mentait. Il savait qu'il lui avait dit la vérité et il avait choisi son moment : on ne ment pas sur son lit de mort. Sandro se sentit floué par la mort elle-même. Et à présent il fallait se débrouiller avec les vivants qui devaient s'imaginer Dieu sait quoi ou qui savaient peut-être des choses qu'il ignorait. Mais quelles choses pouvaient-ils savoir que lui ignorait ? Il le saurait bien assez tôt. Il s'en souciait moins pour lui que pour Adriana. Il avait peur qu'on lui fasse du mal. Il se rappela soudain le regard noir que lui avait jeté la signora Marcella, alors qu'il était dans le petit salon, avec Philippe Montadori et ces deux hommes qu'il n'avait jamais vus. Elle devait savoir depuis toujours. Elle n'avait pas pu entendre ce que le vieux Montadori lui avait dit à l'oreille, mais elle n'avait pas eu besoin de l'entendre : elle le savait déjà. S'ils lui confiaient la Cadillac, s'ils voulaient lui faire plaisir, c'est qu'ils savaient quelque chose que lui ignorait et voulaient entrer dans ses bonnes grâces. Il fallait qu'il sache qui Adriana avait vu et ce qu'on lui avait dit. Il courut chez lui et la réveilla.

« Sandro ! Qu'est-ce qui se passe ?

— À qui as-tu parlé hier soir ? Qui est venu te voir quand tu étais sous les arbres ?

— Personne, Sandro. Je te l'ai déjà dit.

— Adriana, c'est très grave. Il faut que tu me le dises. Je ne le répéterai pas deux fois.

— Mon Dieu, où est le chat ?

— Laisse ce maudit chat tranquille ! Qui t'a parlé ?

— Philippe Montadori, c'est lui qui m'a parlé. »

Adriana raconta tout ce que Philippe Montadori lui avait dit.

« Tout va s'arranger, maintenant, dit Sandro.

— Comment tu vas faire ?

— Ne me pose pas de questions. Je t'expliquerai quand cette affaire sera réglée.

— Comment tu as su qu'on m'avait parlé ?

— Parce que tu n'as pas voulu aller au Luna Park.

— Tu es sûr que tout est arrangé, maintenant ?

— Oui, j'en suis sûr. Ne t'inquiète pas.

— Alors, ce soir, tu pourras m'emmener au Luna Park?

— Oui. Nous irons ce soir », dit Sandro.

Adriana avait son chat dans les bras. Elle se leva, versa du lait dans un bol, reposa le chat et resta debout devant lui, à le regarder.

« Quelle chaleur ! dit-elle. Ça va être encore pire qu'hier.

— Oui, dit Sandro. On étouffe.

— Si Philippe Montadori me demande ce qu'il t'a dit, le vieux Montadori, qu'est-ce que je lui réponds ?

— Que je n'ai pas voulu te le dire. S'il veut savoir la vérité, il n'a qu'à me demander. Je vais essayer de dormir un peu. Réveille-moi à sept heures. »

Ce fut l'odeur du café qui le réveilla. Adriana était prête à partir. Elle servit le café à Sandro et prit le panier du chat. Sandro but son café. La fatigue était un peu passée. Il alluma une cigarette. Il sentit monter en lui une lassitude qui l'emplit de tristesse. Il ferma les yeux.

« Qu'est-ce que tu as, Sandro ? dit Adriana.

— J'ai mal à la tête. Mes paupières sont brûlantes.

— Tu veux une compresse d'eau froide ? Ça te fera du bien.

— Comme c'est bon ! Embrasse-moi, Adriana.

— Il ne faut pas se mettre en retard.

— Nous avons tout le temps. »

Sandro vit le regard d'Adriana soudain altéré, dans les prunelles flottaient des points d'or. Il passa l'index sur les lèvres encore gonflées d'un reste de sommeil, suivit l'ovale du visage, la ligne du cou, pinça le téton. Adriana tressaillit. Ils s'aimèrent en silence et à la hâte, comme ils le faisaient au début, quand ils se retrouvaient en cachette.

Sandro s'endormit. Adriana l'éveilla.

« Tu fais des rêves ? demanda-t-elle

— Je n'aime pas parler de mes rêves.

— Pourquoi ?

— Parce que ça me fait peur. J'ai l'impression de ne plus être moi-même, d'être un étranger.

— Comme dans la chanson ? dit Adriana en riant.

— Moi, je ne fais pas la différence entre cette chanson et la vie, et mon père ne la faisait pas non plus.

— Eh bien, moi, je la fais ! Et si on t'avait vraiment pris pour un étranger toute ta vie, tu la ferais aussi.

— Quelqu'un t'a dit quelque chose ?

— Pas depuis qu'on est mariés. Mais avant, on m'a traitée de Gitane, d'Arabe.

— Tu es la plus belle fille que je connaisse. C'est la jalousie qui les a fait mal parler.

— C'est la méchanceté, Sandro. Ce n'est pas la jalousie. Tu n'es pas jaloux de quelqu'un que tu ne considères pas. Ma mère me le disait. Ils pourraient nous faire disparaître sans que ça gâche leur déjeuner. C'est pour ça qu'elle ne sort pas. Elle a peur.

— Tu n'as pas à avoir peur. Tu es ma femme. Personne ne te fera de mal.

— Tu crois que les choses vont s'arranger ?

— J'en suis sûr. Personne ne te fera de mal, Adriana. »

Il n'était pas neuf heures quand Sandro et Adriana Riucci arrivèrent à la villa Montadori. Ils allèrent à la cuisine. Francesca et Antonia y étaient déjà. Elles leur offrirent une tasse de café. Marie arriva et ne salua personne. Elle jeta un regard noir vers le panier du chat.

« Qu'a-t-on prévu pour le déjeuner ? dit-elle.

— Un buffet. Il faut faire rôtir les viandes, dit Antonia.

— Bien, dit Sandro. Je dois y aller. Je viendrai chercher Adriana tout à l'heure.

— Adriana est ici pour nous aider, dit Marie.

— Elle n'est pas venue pour trimer toute la journée et elle n'est pas à vos ordres. Antonia, vous lui direz ce qu'elle doit faire et vous la laisserez s'absenter un moment. Je lui ai promis de lui montrer la Cadillac.

— Elle a bien le temps de la voir, dit Marie.

— Occupez-vous de vos affaires, dit Sandro.

— C'est assez, Sandro, dit Antonia. Elle ira quand tu voudras. Pourquoi pas maintenant, d'ailleurs ?

— Je n'ai pas les clés du garage.

— Inutile d'avoir les clés. On peut passer par l'intérieur de la maison. Francesca, montre-leur. Qu'on en finisse avec cette voiture ! Mademoiselle Hélène arrive à onze heures. Vous avez tout le temps. Enfin, ce sera une journée chargée ! Philippe Montadori doit succéder à son oncle à la mairie. Monsieur Jean l'avait nommé exprès adjoint au maire et tous les conseillers municipaux vont venir déjeuner. Ce n'est qu'une formalité, notez bien, mais enfin, tout de même, c'est une nouvelle génération.

— Qu'est-ce que tu crois ? Pour nous autres, ça ne changera rien, dit Francesca.

— Que rien ne change me semble une bien belle chose, dit Antonia.

— Tout le monde est comme toi. Nous sommes assurées que rien ne changera. Mais pourquoi avoir peur du changement ? Notre situation te semble-t-elle si enviable que nous devions prier pour que rien ne change ?

— Si notre situation change, dis-toi bien qu'elle ne peut qu'empirer. C'est pourquoi il vaut mieux dormir que mourir.

— Je ne suis pas sûre que nous ne soyons pas déjà morts sans même nous en être aperçus.

— Allez-y, les enfants, dit Antonia. N'écoutez pas Francesca.

— Je n'ai pas compris, dit Adriana.

— Ça ne m'étonne pas, dit Marie. Prends ton chat, j'aime autant qu'il ne soit pas dans la cuisine.

Et prends ton temps aussi. Pour ce que tu sais faire…

— À votre âge, elle en saura au moins autant que vous, dit Sandro. Mais vous ne serez plus là pour la voir. Viens, Adriana. Laisse le chat. Ne vous dérangez pas, Francesca. Je connais le chemin.

— Merci, Sandro, murmura Adriana, une fois qu'ils furent dehors.

— Dépêchons-nous. Je dois être parti dans une heure. »

Ils traversèrent le jardin. Les jardiniers ratissaient l'allée, rangeaient les tables et les chaises. Ils avaient accroché un drap noir à la porte d'entrée.

Sandro et Adriana pénétrèrent dans la maison, allèrent du côté opposé à celui qu'ils avaient pris la veille. Sandro poussa une porte qui donnait sur un petit escalier en colimaçon. Il alluma la lumière et ils entendirent le bruit mou et sourd de l'éclairage qui se met en route. Le garage sentait le renfermé, l'essence et l'odeur des produits nettoyants. Ils firent le tour de la cloison qui séparait la Cadillac des autres voitures.

« Vue de près, elle paraît encore plus grande, dit Adriana.

— Regarde l'intérieur, comme c'est beau, dit Sandro.

— J'aimerais faire une balade avec la capote baissée.

— Tu n'y penses pas. Le cuir est trop fragile. La moindre tache pourrait l'abîmer. Je ne sais même pas comment je vais pouvoir t'emmener faire un tour.

— Tu pourrais dire que tu dois faire le plein d'essence. Je me cacherai à l'arrière.

— Ce n'est pas une mauvaise idée, mais il faut voir comment les choses se présentent. En attendant, il faut que je voie Philippe Montadori pour qu'il me donne les clés. »

Adriana se hissa sur la pointe des pieds et donna un baiser rapide à Sandro et il sut alors qu'il l'emmènerait où elle voudrait et qu'il baisserait la capote si elle en avait envie et si ça pouvait lui faire plaisir.

Il monta à l'étage, passa devant la chambre funéraire. Deux religieuses récitaient des prières à voix basse. Sandro serra les dents et ne regarda pas le mort. Il redescendit, s'approcha d'une pièce d'où venait le bruit de voix. Joséphine sortit les bras chargés d'un plateau.

« Dis à Monsieur Montadori que je veux le voir, s'il te plaît, dit Sandro.

— Voulez-vous attendre dans le petit salon ? » dit Joséphine.

Quelques minutes plus tard, Philippe Montadori, accompagné des deux hommes que Sandro avait vus la veille, fit son entrée.

« Bonjour, Sandro, dit-il. Voici les clés de la voiture. Comme on a dû te le dire, ma cousine Hélène arrive à onze heures.

— Oui. Merci, monsieur, dit Sandro. Mais j'aimerais vous parler seul à seul.

— Pas maintenant. Mais après déjeuner, ce sera possible. À propos, tu n'as qu'à te joindre à nous.

— Je ne voudrais pas vous déranger, monsieur.

— Ce sera un plaisir et nous aurons un moment pour bavarder tranquillement. Mon oncle pensait beaucoup de bien de toi, Sandro. Je te l'ai dit.

— Oui, monsieur.

— Nous déjeunons à une heure précise, dans le grand salon. Nous serons entre hommes. J'espère que cela te convient ?

— Oui, monsieur », dit Sandro.

Ils quittèrent la pièce et Sandro les suivit.

« Eh bien, à tout à l'heure, Sandro, dit Philippe Montadori.

— À tout à l'heure, monsieur.

— Tu peux m'appeler Philippe.

— J'aime mieux pas. À plus tard. »

Les deux hommes, qui accompagnaient Philippe Montadori, comme d'habitude, n'avaient rien dit. Sandro ne savait pas quoi penser. Il descendit au garage, sortit la Cadillac. Adriana était sur le seuil de la cuisine. Il lui fit un petit signe de la main en passant.

Sur la route des collines, Sandro croisa une file ininterrompue de voitures : on venait de toute l'île présenter ses condoléances.

À l'aéroport, la Cadillac fit sensation. Des gens s'attroupèrent pour mieux la voir. Sandro en confia la garde à un vieil homme et alla attendre Hélène, la nièce du vieux Montadori. Il se présenta à elle. Elle le salua à peine. Elle portait de grosses lunettes noires qui lui cachaient la moitié du visage. Sandro prit sa valise. Hélène fut agacée qu'il soit venu la chercher en Cadillac. Sandro lui dit que c'était la volonté de son défunt oncle. Elle marmonna quelque chose qu'il ne comprit pas. Elle était excédée et demanda à Sandro de chasser ces gens qui l'entouraient, lui chuchotaient des paroles de consolation à l'oreille.

« C'est un jour de deuil, mademoiselle », dit-il. Il se fit un passage, écarta doucement les curieux et aida Hélène à entrer dans la voiture. Quand elle ôta ses lunettes de soleil, il vit dans le rétroviseur qu'elle avait le même regard mauvais que la signora Marcella.

Sandro ne vit pas Adriana de toute la journée. Il ne déjeuna pas avec Philippe Montadori et se fit excuser. L'autre lui fit dire qu'ils se parleraient dans la soirée.

Il était près de six heures quand il rangea la voiture au garage. Il nettoya avec soin le tableau de bord, lava le pare-brise, l'essuya et resta un moment, appuyé au mur, à fumer une cigarette et à admirer la carrosserie. Il se recoiffa, boutonna son veston et se rendit au salon où se tenaient les hommes.

La deuxième soirée funèbre commençait. On sentait une certaine lassitude et aussi l'habitude insidieuse du deuil qui s'instaurait. Les propos se relâchaient ; des rires étouffés se faisaient entendre. L'entrée de Philippe Montadori fut saluée par un discret hourra et des applaudissements, vite réprimés. On le félicita de son élection à voix basse. Il remercia, mais demanda que l'on respecte le deuil. Les boissons et les mets circulaient. On buvait et on mangeait trop.

Hélène monta dans la chambre mortuaire et décida d'y rester toute la nuit, contre l'avis de sa tante. Celle-ci se retira, épuisée par la foule qui se pressait dans l'antichambre. Philippe Montadori, en véritable maître de maison, veillait à tout.

Après son élection, une certaine excitation s'était emparée des esprits. Paul Léandri et André Squerci firent comprendre à Sandro qu'il valait mieux rester et passer la soirée avec eux plutôt que s'en aller.

Sandro ne vit pas tout de suite Philippe Montadori, qui se tenait à l'écart, en compagnie de Franck Monterossi. Celui-ci lui serra la main sans rien dire. Il acceptait mal de ne pas conduire la Cadillac et moins encore depuis qu'il avait vu Sandro au volant de la voiture. Cette humiliation, que n'avait de cesse de lui rappeler sa tante Marie, l'obsédait. Comme il ne pouvait s'en prendre ni au mort ni à sa famille, il en voulait à Sandro Riucci. On savait qu'après l'enterrement il éviterait de le saluer, mettant au jour une inimitié qui ne s'éteindrait sans doute jamais. En attendant, il sauvait les apparences, espérant trouver en Philippe Montadori un maître moins ingrat que ne l'avait été le précédent.

Sandro dit à Philippe Montadori que, la pompe à essence de la Villa étant vide, il devrait aller en ville faire le plein, et il demanda l'autorisation d'emmener sa femme au retour.

« Naturellement », dit Philippe Montadori, et il l'invita à quitter la pièce et à le suivre. Franck Monterossi lui jeta un regard noir et Sandro regretta d'avoir parlé devant lui.

Ils entrèrent dans une petite pièce que Sandro n'avait encore jamais vue et dont les murs étaient tapissés de livres.

« C'était le bureau de mon oncle, dit Philippe Montadori. Comme tu le sais, jusqu'aux prochaines élections, j'ai été désigné pour remplacer mon oncle au poste de maire. Tout le monde est d'accord. J'ai eu les conseillers municipaux à déjeuner. Pas tous. Je ne pouvais pas recevoir ici les opposants à mon oncle qui l'avaient accusé des pires maux, alors qu'eux-mêmes, n'est-ce pas ?... »

Sandro hochait la tête en signe d'approbation, sans trop comprendre ce qu'il voulait dire. De véritable opposant, il n'avait connu que Murtizi. Les autres s'étaient toujours cachés derrière la bannière d'un parti communiste que le vieux Montadori avait manipulé à sa guise.

« Il faut bien donner le change », avait-il répondu à l'Américain, quand l'autre lui avait dit ne pas comprendre ces arrangements, et, comme on n'avait pas manqué de reprocher à l'Américain de ne pas suivre ses idées, il avait rétorqué qu'il était chargé d'appliquer la politique de son patron et non de la discuter, ce qui pouvait sembler un peu court à certains, mais en imposait tout de même.

Dans son quartier, ceux que Philippe Montadori appelait les opposants, il n'y en avait pas. Il n'y avait que des pauvres et des Arabes, qui étaient encore plus pauvres. Presque tous les amis de Sandro travaillaient à la mairie et ceux qui avaient des idées d'opposants, après tout, c'était à peu près les mêmes que les siennes, eux non plus n'aimaient pas les Arabes, mais ils n'aimaient pas les continentaux, ils n'aimaient personne, à vrai dire. Comme lui. La différence, c'est qu'ils n'aimaient pas le vieux Montadori et son neveu, mais ils ne le criaient pas sur les toits, les Montadori étaient encore puissants, même s'ils ne faisaient plus grand-chose et se contentaient d'entretenir la clientèle. Mais, en ces jours de deuil, personne n'osait rien dire. Ce n'était pas le moment de les critiquer. On retenait son souffle. La ville entière semblait plongée dans une torpeur inquiétante.

Philippe Montadori parlait toujours. Il prétendait que les familles qu'il protégeait n'avaient pas à craindre le malheur. Elles pouvaient être tranquilles. Le malheur, lui, Philippe Montadori, le prévenait. Tant qu'il aurait le pouvoir, on ne devrait craindre que le malheur naturel. Et il détacha chaque syllabe de ce mot pour bien faire sentir à Sandro la différence. Contre ce malheur-là, Montadori ou pas, on ne pouvait rien. C'était le destin. Il n'y avait qu'à songer à son malheureux cousin, Alexandre, mort dans la fleur de l'âge. « Nous autres, dit-il, nous vivons à l'antique. Nous sommes comme les anciens Romains. Nous avons notre clientèle.

— Votre oncle parlait comme vous. Mon père n'avait pas compris. Il croyait que c'était des Lucquois qu'il s'agissait et un jour, devant le vieux professeur Léonelli, il avait dit qu'il n'y avait pas de quoi se vanter si on venait de ces gens-là. Le vieux professeur l'avait repris. Mon père m'avait bien expliqué. Les Italiens, ces Romains dont vous parlez, avaient conquis la terre entière. C'étaient de grands soldats. Le professeur disait pourtant que nous avions des points communs avec eux, quand ils ne faisaient pas la guerre, ils étaient oisifs, aimaient la politique et étaient trop orgueilleux, comme nous.

— Trop orgueilleux ? L'est-on jamais assez ? dit Philippe Montadori.

— Je ne suis pas assez savant pour répondre, monsieur. Mais il me semble que le vieux Léonelli avait raison. Plus j'avance en âge et moins je vois de motifs d'être orgueilleux. Moi, en tout cas, je ne le suis plus de rien.

— Pas même de ta femme ?

— Ma femme, j'en suis fier, ce n'est pas la même chose et je ne me prends pas pour un ancien Romain pour autant.

— C'est une image, Sandro. D'ailleurs, ce n'est pas donné à tout le monde. Ça ne vaut que pour les grands noms. Sans orgueil, nous ne serions rien. Qui aurait encore confiance en nous ? Personne. Tu le sais bien.

— Oui, monsieur, vous avez raison. Vous avez un nom. Moi, je ne suis personne. Je n'ai pas d'orgueil à avoir. Je n'en ai pas besoin.

— Il ne faut pas être si pessimiste, Sandro. Un peu d'orgueil ne fait de mal à personne », dit Philippe Montadori.

Il continua à parler et Sandro l'approuvait, mais toutes ces choses lui importaicnt peu. Il savait que la politique n'avait rien à voir dans ces histoires. C'était une question d'influences, d'alliances et de secrets. Pour cela, les Montadori n'étaient pas encore sur le déclin et le pouvoir du vieux Montadori se faisait sentir par-delà sa mort. C'était pour lui obéir qu'on avait élu son neveu maire et, si son fils avait été encore vivant, ç'aurait été son fils, parce que aucune décision du vieux Montadori n'avait jamais été discutée et si cela était arrivé personne ne s'en souvenait et on ne se souvenait pas non plus comment les choses s'étaient terminées pour ceux qui les avaient discutées. Sauf pour Murtizi, qu'il avait écrasé comme un insecte, mais Murtizi ne comptait pas. Alors, cette puissance du vieux Montadori, qui commençait à pourrir à l'étage, Sandro Riucci ne pouvait pas en douter.

Philippe Montadori continuait à parler et Sandro ne disait rien. Il se tut enfin et lui offrit un verre que Sandro but d'un trait. Philippe Montadori lui en servit un autre. Sandro but une gorgée, se racla la gorge et prit la parole.

« Je voulais vous dire, pour votre oncle…

— N'aie pas peur, Sandro. Dis ce que tu as à dire.

— C'est un peu délicat. Pour vous comme pour moi. »

Philippe Montadori garda le silence.

« Eh bien, dit Sandro, encore que j'aie du mal à le croire, alors même que je vous le dis, votre oncle, sur son lit de mort, m'a dit que j'étais son fils. »

Philippe Montadori blêmit. Il se dirigea vers la fenêtre, l'ouvrit, la referma et revint vers Sandro.

« C'est délicat, en effet, reprit-il d'une voix blanche.

— J'aimerais que cela reste entre nous.

— Je ne sais pas si ce sera possible. Si mon oncle a fait cette révélation sur son lit de mort, c'est sans doute qu'il avait ses raisons.

— Pour dire toute la vérité, monsieur, j'aurais préféré l'ignorer. Pour moi, cela ne change rien. Mon père, c'était l'Américain. D'ailleurs, quelles preuves, sauf votre respect, Monsieur Jean avait-il ? Je ne crois pas qu'il voulait changer quelque chose. Il s'y serait pris avant. Et moi, je tiens à vous dire que j'aimerais que rien ne change. Par respect pour mon père, vous comprenez ?

— Je comprends, mais je ne suis pas sûr que les choses dépendent vraiment de toi. Quant à ma tante, il n'est pas utile qu'elle soit mise au courant maintenant.

— J'aimerais mieux qu'elle ne l'apprenne jamais. Je ne veux rien, monsieur. Je suis prêt à signer un papier…

— Mon oncle t'a-t-il dit quelque chose à ce propos ?

— Non, monsieur.

— Alors, nous aviserons plus tard. Nous n'en sommes pas encore là. Il sera temps de prendre des décisions le moment venu. Nous verrons cela après les funérailles. L'heure de l'enterrement est fixée à quatre heures après-demain. Nous partirons d'ici à trois heures précises. Contente-toi de faire ce que je t'ai demandé et prends soin de la voiture.

— Bien, monsieur. Vous êtes toujours d'accord pour que je ramène ma femme dans la Cadillac ?

— Naturellement.

— Bien, monsieur. Alors, à plus tard.

— À plus tard. »

Philippe Montadori tendit la main à Sandro et la serra comme s'ils venaient de passer un accord tacite et que tout était arrangé.

Adriana était seule. Dans la cuisine faiblement éclairée, assise dans un coin, le panier du chat sur les genoux, elle attendait.

« Je dois rester encore un peu, dit Sandro doucement.

— Tu ne fais jamais rien de ce que tu dis.

— Je tâcherai de partir tôt. Nous irons au Luna Park, avant de rentrer, et demain, je t'emmènerai dans la Cadillac.

— Je préfère t'attendre ici à cause du chat. Et pour le Luna Park, ce n'est pas possible. Il ne faut pas l'emmener, il risque de se perdre. C'est toi qui l'as dit.

— Nous le laisserons dans la voiture. On ne restera pas longtemps.

— J'en ai assez d'être seule. Je m'ennuie.

— Va dans la jardin. Il fait bon. On étouffe ici.

— Non, il y a trop de monde. Je préfère encore être seule.

— Je ne veux pas que tu sois triste.

— S'il te plaît, Sandro, reviens vite. J'ai peur.

— Tu as peur de tout et moi je ne suis jamais tranquille à cause de toi. Écoute, je vais leur dire que je ne peux pas rester. Ils penseront ce qu'ils voudront.

— Tu es sûr ?

— Va m'attendre dans l'allée, près de la grille d'entrée. Je vais prévenir que je m'en vais. »

Lors de la veillée funèbre, toutes les conversations bruissèrent de la nouvelle que Sandro et sa jeune femme étaient allés passer la soirée au Luna Park. Il ne se trouva pas une seule voix pour les défendre. Tout le monde estima que c'était une insulte au mort et, comme Sandro Riucci était la dernière personne à qui le vieux Montadori avait parlé avant de mourir, on se demanda ce que cela pouvait cacher. Tous étaient convaincus que quelque chose de grave était en train de se tramer. Philippe Montadori, interrogé, éluda les discours, mais on nota qu'il avait l'air soucieux. Sa cousine Hélène, qu'il avait mise au courant des révélations de Sandro Riucci, quitta la chambre mortuaire et alla se coucher. Il n'y avait plus que les religieuses qui veillaient le mort. Les deux journées à venir s'annonçaient longues et difficiles et on était allé prendre un peu de repos.

Avant de se retirer, comme une odeur de pourriture flottait dans l'air, la signora Marcella avait ordonné que l'on enlève les fleurs et que l'on jette l'eau croupie des vases. On éteignit les gros cierges blancs qui donnaient de la chaleur et la chambre mortuaire se retrouva plongée dans la pénombre. On profita de la fraîcheur de la nuit pour ouvrir les fenêtres. On fit brûler du papier d'Arménie. Rien n'y fit. On dut se résoudre à avouer ce que tout le monde savait déjà : le mort commençait à sentir mauvais.

La route était noire. De loin, les néons multicolores du portique clignotaient et formaient les lettres du Luna Park. Elles se détachaient dans le ciel. Adriana s'extasia en les voyant. Le parking était presque vide.

« Il ne doit pas y avoir beaucoup de monde par un jour comme celui-ci », dit Sandro.

Une musique de bal musette parvenait jusqu'à eux. Sandro enferma le chat dans le coffre et, comme il miaulait, Adriana faillit renoncer.

« Nous ne resterons pas longtemps. Viens, dit Sandro. Oublions le chat. »

Adriana ne se fit pas prier.

« Oublions le chat », dit-elle.

Une vieille Gitane, emmitouflée dans un châle rouge, se tenait à l'entrée, près de la caisse. Pendant que Sandro payait, elle saisit Adriana par le bras et voulut lui lire les lignes de la main.

« Nous n'avons pas le temps, dit Sandro.

— Laisse-la, dit Adriana. Je veux connaître mon avenir.

— Va-t'en ! dit Sandro à la Gitane. Fiche le camp ! Je ne veux plus te voir. »

La Gitane lâcha la main d'Adriana et cracha par terre. Elle jeta à Sandro un regard noir, fit les cornes et s'enfuit en courant. Sandro fit mine de la poursuivre.

« Laisse-la ! cria Adriana.

— Il ne sort que mensonges de ces bouches noires », dit Sandro, et il s'enferma dans un silence qui n'augurait rien de bon.

Adriana lui prit le bras et se serra contre lui.

« Oh ! Sandro ! Ça fait tellement longtemps que j'ai envie de venir au Luna Park ! Ne nous gâchons pas la soirée !

— Tu as raison. Mais il est tard, beaucoup de stands sont fermés. Avec la mort du vieux Montadori, personne ne veut se montrer en train de s'amuser. Ce n'est peut-être pas une bonne idée d'être venus.

— Au contraire ! On ne rencontrera personne ! Allons au stand de tir. C'est ouvert. »

Le stand exposait des animaux en peluche. Adriana désigna un ours et ordonna à Sandro de le remporter pour elle. Il y parvint sans peine et elle l'exhiba comme un trophée.

« Je le donnerai au chat, pour me faire pardonner de l'avoir enfermé dans le noir », dit-elle.

Toute la mauvaise humeur de Sandro disparut. Ils mangèrent de la barbe à papa, burent de la limonade et Adriana voulut faire un tour dans la grande roue. Ils n'étaient que quatre ou cinq couples à prendre leurs tickets. Ils montèrent dans la nacelle. Adriana serrait fort la main de Sandro, fermait les yeux et criait quand la nacelle se retournait dans les airs. Les lumières rouges, jaunes et vertes, semblaient s'allonger comme des fusées sous l'effet de la vitesse. Sandro avait le vertige, mais il se ressaisit : il ne voulait pas passer pour un lâche aux yeux d'Adriana, cependant, quand elle voulut recommencer, il refusa et l'entraîna vers les autos tamponneuses.

Trois voitures seulement étaient occupées. Sandro les évitait. Ils glissaient sur la piste. Un air d'accordéon passait et scandait la durée des tours. Il s'arrêta brusquement. Ils firent un autre tour. Ils étaient seuls sur la piste. Adriana prit le volant et Sandro la guidait doucement ; le rail qui reliait la voiture à l'électricité grésillait ; la voiture tournoyait, semblait suivre la musique. Un gros homme fit un signe de la main pour signifier que c'était fini. Ils descendirent de la voiture un peu étourdis. Adriana titubait et Sandro dut la soutenir. Ils marchèrent enlacés dans les allées vides. Les forains fermaient boutique. Adriana avait faim. Sandro repéra une buvette, commanda de la bière et du saucisson. Ils mangèrent goulûment, assis sur de hauts tabourets, devant des tables grasses. Quand ils eurent fini, Adriana appuya sa tête sur l'épaule de Sandro : « Comme tu peux être gentil quand tu veux ! dit-elle.

— Tu mettras encore des rubans rouges dans tes cheveux ? Et ton pull de marin ? Tu ne le mets plus jamais.

— Il fait trop chaud pour mettre un pull et tu m'as

dit de ne pas porter de rouge à cause du deuil. Mais je mettrai des rubans rouges dans mes cheveux après l'enterrement, si ça peut te faire plaisir.

— Merci, Adriana.

— Ce n'est rien, Sandro. J'aime bien faire ce que tu veux, quelquefois. »

L'homme leur fit signe qu'il allait fermer. Les lumières s'éteignirent.

« Il est temps de rentrer.

— Oui », dit Adriana à voix basse.

Ce fut alors qu'il lui avoua que le vieux Montadori lui avait dit qu'il était son père.

Adriana resta un moment silencieuse.

« Mais alors, reprit-elle, cette maison des Montadori est à toi ?

— C'est la vieille Gitane qui m'a jeté un sort.

— Qu'est-ce que tu racontes ?

— Jamais je ne t'aurais dit autrement ce que tu viens d'entendre. Pour rien au monde je n'aurais parlé d'une chose pareille. Et je l'ai dit. C'était comme si quelqu'un d'autre parlait par ma bouche.

— Pourquoi tu ne l'aurais pas dit ? Je suis ta femme. C'est naturel que tu me le dises.

— Je n'aurais jamais fait une chose pareille.

— Tu n'as pas confiance en moi ?

— Tu es trop jeune, Adriana.

— J'en ai assez que tu répètes toujours la même chose. Tout ce que je sais, c'est qu'on est riches et toi, tu t'en fiches.

— Ma mère m'a souvent raconté l'histoire de cette

Gitane, accompagnée d'un enfant beau comme un dieu qui jouait du tambour. Elle avait annoncé à ma grand-mère qu'elle épouserait un homme riche et beau.

— Et alors ?

— Elle l'a épousé. Personne ne s'y attendait, mais elle s'est mariée avec lui et elle en a eu trois enfants. Cet homme a fait son malheur. Il est mort alors que les enfants étaient en bas âge. Elle a dû les élever seule. Elle avait à peine trente ans à sa mort.

— Mais elle avait de l'argent ?

— Sa famille l'a spoliée, enfin, je ne sais pas, c'est ce que disait ma mère et d'ailleurs ça n'a pas d'importance.

— Pourquoi tu me racontes cette histoire ?

— Pour t'expliquer qu'il ne faut pas écouter les sirènes. Mon père, c'était l'Américain. Je ne veux rien qui vienne du vieux Montadori.

— Je ne vois pas le rapport entre cette histoire et ce qui te revient, Sandro.

— Alors nous sommes perdus. »

Quand elle entra dans la chambre mortuaire, au petit matin, la signora Marcella fut épouvantée par l'odeur qui y régnait ; elle eut une crise de nerfs.

Sandro et Adriana arrivèrent au milieu de l'affolement général et personne ne prêta attention à eux. Ils passèrent la matinée à musarder dans le jardin. Adriana regretta de ne pas avoir pris le chat. Ils découvrirent un petit labyrinthe où Sandro feignit de s'égarer, s'attardèrent dans une grotte de verdure où, de la bouche d'une grande statue, dévorée de mousse et de lierre, jaillissait une fontaine ; l'eau s'écoulait dans un bassin dont la surface était noire et lisse.

« On se croirait ailleurs. C'est comme si on était en voyage, dit Adriana, en contemplant son reflet dans l'eau.

— Oui, mais il ne s'agirait pas d'oublier pourquoi nous sommes venus », dit Sandro. Ils retournèrent vers la maison.

Les visiteurs formaient une procession qui grossit au cours de la matinée. À midi, elle partait du jardin et envahissait les couloirs. On vous faisait passer par la petite porte dérobée que Sandro avait empruntée la première fois qu'il avait pénétré dans la chambre du vieux Montadori, on vous montrait le mort et on refermait vite, vous laissant traverser prestement la chambre mortuaire et ressortir par l'autre grande porte, qui donnait sur l'antichambre. On jugea cependant qu'on ne pouvait pas laisser le mort avec deux religieuses qui suffoquaient, un mouchoir sur la bouche pour ne pas défaillir. Il était impossible d'avancer les funérailles. Le préfet et deux députés étaient attendus pour le lendemain. Ce fut Francesca qui trouva la solution. Elle exposa son idée. On l'écouta et on l'approuva.

Le lit mortuaire fut donc surélevé à l'aide de tasseaux de bois. On remplit des bassines de zinc de morceaux de glace qu'on était allé chercher chez le glacier italien. On glissa les bassines sous le lit, on cousit un drap blanc à l'édredon pour les dissimuler. On fit brûler des feuilles d'eucalyptus. Il y avait un ballet incessant de femmes, qui transportaient les bassines et portaient la glace. On entendait le cliquetis de la glace, qui heurtait le zinc. Il fallait vider les bassines et changer la glace toutes les deux heures. Le salon, près de la chambre, fut fermé et réservé à cet usage.

Dans la chambre mortuaire, il faisait froid et les religieuses, qui veillaient le vieux Montadori, n'étaient plus très jeunes, et frileuses : elles s'emmitouflèrent dans des châles. « Elles ressemblent, dit Antonia, à des corbeaux à la tête couronnée de neige. »

Le visage du mort semblait tout changé. Non seulement parce que le fard dont on l'avait couvert laissait passer le gris du teint qui affleurait et se mêlait au rose factice des joues, mais aussi parce qu'on le voyait de plus près, on pouvait l'observer et on découvrait avec stupeur le travail de la mort à l'œuvre. On oubliait la mort du vieil homme et l'on songeait à la sienne. Cela provoquait une émotion égoïste et un dégoût que l'on n'aurait pas imaginés. Tous les esprits en étaient frappés.

Philippe Montadori le comprit et redouta que sa position n'en fût altérée. À l'entrée de la Villa, sur un grand lutrin, il fit installer un cahier de condoléances et fermer la chambre mortuaire. Quand on l'apprit, on sut vraiment que le temps du vieux Montadori était passé. On sentait une inquiétude sur l'ère nouvelle qui s'ouvrait, où l'improvisation semblait prendre le pas sur les règles établies depuis toujours.

Vers trois heures de l'après-midi, cependant, tout le monde était parti. Le prêtre y avait mis bon ordre. Assisté de quatre enfants de chœur et des deux religieuses, entouré de la femme, de la nièce, du neveu et des gens du vieux Montadori, il attendait en récitant les prières des morts que les croque-morts finissent de visser le couvercle du cercueil en chêne massif, orné de poignées d'or, qu'ils avaient disposé sur des tréteaux.

Sandro et Adriana se tenaient près de la porte. Ils ne voyaient que les dos sombres et voûtés et la fumée de l'encensoir, mollement balancé par un enfant de chœur.

Quand le cercueil fut refermé, la signora Marcella étouffa un sanglot et demanda à rester seule un moment. Tous se retirèrent. Antonia fit débarrasser le petit salon des bassines de zinc ; elle exigea qu'on le fît dans le plus grand silence.

Adriana redescendit à la cuisine. Sandro sortit la Cadillac du garage, la rangea derrière la maison, au fond du jardin, et entreprit de la laver avec soin. Il y passa l'après-midi entier.

Philippe Montadori fit demander Adriana. Il l'attendait dans le petit salon du premier étage.

« Dépêche-toi, lui dit Antonia. Tu prendras le grand escalier ; après la chambre mortuaire, tu comptes trois portes et à la quatrième, tu frappes, c'est là. »

Le grand escalier et le couloir sentaient l'eucalyptus, mais Adriana se boucha le nez en passant devant la chambre du mort. Elle compta trois portes, toqua à la quatrième.

La porte s'entrouvrit sur une pièce plongée dans la pénombre. Une lumière s'alluma, découpant la silhouette de Philippe Montadori appuyé au chambranle de la fenêtre.

« Approchez, jeune fille. Venez dans la lumière. » Adriana ne bougea pas et ce fut Philippe Montadori qui avança vers elle. D'un ton qu'elle ne lui connaissait pas et à voix basse, chuchotant presque, il lui dit : « Avez-vous aimé cette promenade en Cadillac ? » Comme il était tout près d'elle, Adriana recula d'un pas et, sans le regarder, les mains croisées derrière le dos, elle dit d'une voix forte, qui résonna : « Jusqu'à présent, ça n'a pas été possible, monsieur, et je ne sais pas si ça pourra se faire.

— Je veillerai à ce que Sandro puisse vous emmener dans cette voiture », dit Philippe Montadori en lui prenant le coude et en l'invitant à s'asseoir. Adriana se raidit et il se détacha d'elle, se mit sur le côté. Elle voyait son profil aigu et sa bouche mince, les doigts longs et osseux, comme ceux de son oncle mort, qui saisissaient une cigarette dans un étui d'argent. La flamme du briquet, qui les éclaira un instant, fit passer dans ses yeux gris une ombre noire.

« Ne m'appelez plus monsieur, reprit-il. Appelez-moi Philippe, puisque nous sommes cousins. Vous le savez. Votre vie va changer maintenant. À moins que Sandro ne renonce à son héritage. Ce serait dommage. Surtout pour vous.

— Sandro ne veut rien. Il me l'a dit, répondit Adriana d'une voix sourde.

— Vous a-t-il dit autre chose ?

— Non, mais au Luna Park, il était en colère contre une Gitane. Il disait que c'était sa faute s'il me l'avait dit. Et il était aussi en colère contre moi parce que je disais que ce qui lui revient lui revient.

— Vous avez raison, Adriana. Il aurait tort de refuser ce qui lui est dû.

— C'est mon avis. Mais Sandro, vous savez, il n'est pas comme tout le monde.

— Mais vous non plus, Adriana, vous n'êtes pas comme tout le monde. Vous méritez le meilleur, mais je ne sais pas si Sandro l'a compris.

— Mais pourquoi vous parlez comme ça ? Vous ne me connaissez pas et Sandro sait être gentil, quand il veut. Il m'a offert un chat et il m'a emmenée au Luna Park.

— Pardonnez-moi. Je ne voulais pas vous froisser.

— Je ne comprends rien à ce que vous me dites, dit Adriana.

— C'est pourtant simple. Je dis que Sandro ne voudra rien, son héritage sera perdu et vous vivrez toute votre vie comme une pauvresse…

— Eh bien ! Vous devriez être content !

— Oui, en un sens, vous avez raison, je devrais l'être, mais c'est à vous que je pense.

— Et pourquoi vous pensez à moi au lieu de penser d'abord à vous-même ?

— Parce que vous me plaisez beaucoup, Adriana.

— Oh ! Mon Dieu ! Monsieur ! Vous n'auriez jamais dû dire une chose pareille. Je ne sais pas ce que Sandro ferait s'il l'apprenait !

— Mais il ne l'apprendra pas, et d'ailleurs que voulez-vous qu'il fasse ?

— Vous ne le connaissez pas ! Il est capable de tout s'il est en colère. Il ne faut plus parler comme ça, monsieur. D'ailleurs, je m'en vais.

— Donnez-moi un baiser ou je ne vous laisse pas partir.

— Oh non, monsieur !

— S'il vous plaît, Adriana. Un seul baiser et je vous promets de ne plus vous ennuyer. »

Adriana, quand elle sortit de la chambre, tenait dans ses mains une paire de boucles d'oreilles, des perles d'un blanc grisé, que Philippe Montadori lui avait données. Elle avait d'abord refusé, mais il avait soulevé ses cheveux, lui avait mis les boucles et les perles brillaient d'un tel éclat qu'Adriana n'avait pas résisté à leur beauté.

« Promettez-moi de revenir, avait-il dit dans un souffle.

— Je ne sais pas si je pourrai. Il ne faudrait pas que Sandro l'apprenne. Et puis il y a le chat. Je dois m'en occuper et la vieille Marie, Dieu sait ce qu'elle va raconter sur mon compte maintenant.

— Marie, je m'en charge. N'aie crainte, ma chérie.

— Oh, s'il vous plaît, ne m'appelez pas ma chérie.

— Va-t'en, maintenant.

— Je ne crois pas que je pourrai revenir, monsieur, et je ne crois pas que je pourrai garder les perles non plus.

— N'aie pas peur. Personne ne t'ennuiera. Tu n'as rien à craindre. C'est moi qui commande tout désormais. »

Quand elle l'avait vue revenir, la vieille Marie avait jeté à Adriana un regard qui l'avait fait frémir. Antonia lui avait fait signe de se taire. Sandro était venu la chercher et Adriana l'avait suivi sans rien dire.

Il fallait aller à la Villa, prendre la Cadillac, revenir en ville faire le plein d'essence et faire décorer de fleurs la voiture. C'était une idée du vieux Montadori qui ne suscitait, comme toutes celles qui touchaient à ses funérailles, qu'une désapprobation muette de sa famille, mais les événements prenaient un tour si singulier qu'il semblait que ses dernières volontés excentriques étaient un reste paradoxal de principes ancestraux auxquels on s'accrochait et que l'on s'appliquait à exécuter à la lettre.

Sandro réveilla Adriana et lui dit qu'il avait ramené la Cadillac.

« Dépêche-toi ! Philippe Montadori veut nous voir. »

Elle enfila une robe, laça ses sandales, mit le chat dans son panier et dévala l'escalier à la suite de Sandro.

« Ça fait un drôle d'effet, tout de même », dit Adriana, quand elle se fut installée à bord de la Cadillac.

Ils roulèrent à travers un lacis de ruelles désertes et prirent la direction du boulevard qui traverse la ville. Ils voyaient dans les reflets des vitrines l'ombre massive de la Cadillac qui avançait. Adriana baissa la vitre. « J'aimerais avoir une photographie de moi assise dans cette voiture », dit-elle. Et elle mit la tête à la vitre. Quelques rares passants s'arrêtèrent pour les regarder passer. Adriana les salua de la main.

« Ne te fais pas remarquer. Monte la vitre », dit Sandro.

Le fleuriste les attendait. Il décora la Cadillac de morceaux de crêpe noir qu'il noua autour des chromes des rétroviseurs, aux poignées des portières. Il lia des chrysanthèmes mauves piqués de roses blanches sur le pare-brise et décora le tableau de bord d'une guirlande d'arums entrelacés de lierre.

« J'aimais mieux sans les fleurs, dit Adriana.

— Tu n'es jamais contente, dit Sandro. Fais attention de ne rien déranger. »

Il suivit la route de la lagune et, au lieu de prendre la direction de la villa Montadori, il fila tout droit. Le jour se levait.

Les fleurs se détachaient du pare-brise et volaient au-dessus d'eux. Adriana prit la guirlande d'arums et la tint suspendue à la fenêtre, puis elle lâcha les fleurs qui tourbillonnèrent un instant dans l'air avant de disparaître. Sandro s'arrêta et baissa la capote. Adriana défit les morceaux de crêpe noir et les jeta.

Ils repartirent. Adriana fermait les yeux et poussait des cris de joie « Accélère ! » disait-elle. Ils croisèrent un camion et deux autres voitures qui klaxonnèrent mais ils eurent à peine le temps de les voir tant ils allaient vite. Ils traversèrent une pinède. Sandro s'arrêta. Il avait les yeux rouges. Les larmes séchées avaient laissé des traces de sel sur les joues d'Adriana. Il y avait des aiguilles de pin sur le fauteuil arrière et le tableau de bord. Sandro les enleva et sortit son mouchoir pour essuyer le bois précieux ; comme il se baissait, Adriana se pencha vers lui ; il se releva ; elle l'embrassa dans le cou, lui mordit la lèvre. Sandro lui demanda d'arrêter.

« Cette voiture est à toi, dit-elle.

— Non, non.

— Emmène-moi où je ne suis jamais allée. »

Adriana l'embrassait, entortillait sa langue dans sa langue, et Sandro revit la bouche noire du vieux Montadori mourant : il se sentit défaillir comme s'il avait embrassé la mort elle-même.

Ils traversèrent des villages endormis, prirent des routes étroites qui surplombaient la mer. Le soleil était déjà chaud. Au-dessous d'eux, l'écume dévorait les roches noires. Au loin, ils voyaient les montagnes bleues qui se découpaient jusqu'à la transparence de l'ombre. Un bateau laissait une traînée d'écume blanche et zigzagante dans son sillage. Ils arrivèrent sur la petite place d'un village qui paraissait suspendue entre ciel et terre. Un phare, transformé en clocher, côtoyait un palmier immense.

Ils s'assirent sur un banc. Quand les volets des maisons s'ouvrirent, on vit avec étonnement à côté du phare et du grand palmier l'énorme limousine qui semblait avoir été abandonnée là pendant la nuit.

« C'est très beau, tu ne trouves pas ? dit Sandro.

— Je ne pourrais pas vivre ici. C'est effrayant, vus de cette hauteur, la montagne dans la mer et l'horizon vide.

— Ça doit être une question d'habitude, dit Sandro.

— C'est beau parce qu'on ne s'y habitue pas, Sandro.

— Calme-toi, Adriana. Tu trembles. Tu as froid ?

— Non, j'ai le vertige. Partons. Je ne peux plus rester ici. Tu crois que nous pourrons redescendre?

— Quelle question ! Si nous sommes arrivés jusqu'ici...

— Mais nous serons du côté du ravin !

— Tu n'as rien à craindre. Tu n'auras qu'à fermer les yeux et je te dirai quand nous serons arrivés.

— Comment on va faire pour les fleurs ?

— Tant pis pour les fleurs. Le vieux Montadori s'en passera comme il se passera du reste. »

Adriana demanda à Sandro de relever la capote et de fermer les vitres. Elle était très pâle. Elle se plaignait d'un froid qui ne la quittait pas. Sandro fixait la route noire. La mer brillait comme un bouclier d'argent. Il baissa le pare-soleil pour ne pas être ébloui par cette lumière crue. Il était en nage. Il ouvrit la fenêtre.

« Combien de temps avant d'arriver ? dit Adriana.

— Nous y serons dans moins d'une heure. »

Adriana finit par s'endormir. La sueur poissait ses cheveux. Sandro passa la main sur son front ; Adriana était brûlante de fièvre. Il s'arrêta un moment au bord de la route. Adriana gémit dans son sommeil. Il lui essuya le visage. Il passa par la corniche qui contournait la ville pour ne pas être vu.

Sandro avait fait chauffer de l'eau, rempli la grande bassine en zinc et Adriana s'était plongée dedans.

Quand elle se fut réchauffée, elle demanda à Sandro de prendre le broc en émail et de verser l'eau lentement pour la rincer et, quand elle sortit du bain, il l'enveloppa dans une serviette, la frictionna, démêla sa chevelure dont elle fit une torsade.

« Comment te sens-tu ? dit Sandro

— Je n'ai plus de fièvre.

— Dépêchons-nous. Philippe Montadori veut nous voir et il est déjà midi passé.

— Sandro, j'emmène le chat. Je ne veux plus le laisser tout seul. Il est trop malheureux. Il a déchiré l'ourson en peluche.

— C'est pour jouer, Adriana.

— Non, c'est parce qu'il était triste.

— Les chats ne sont pas si différents de nous, dit Sandro.

— Si, ils sont plus beaux et plus doux. Qu'est-ce qu'on va faire maintenant ?

— On va retourner à la Villa, on verra le neveu Montadori et après l'enterrement, ce sera fini, on rentrera chez nous et la vie reprendra comme avant.

— Tu sais bien que ce n'est pas possible.

— Écoute, Adriana, moi, je n'ai rien demandé. Je ne veux pas de cet argent ou de toutes ces choses que peut-être le vieux Montadori a prévu de me laisser.

— Je crois que ça ne dépend pas de toi et qu'on ne peut pas refuser. Ce serait encore pire.

— On n'aurait pas dû se faire remarquer avec la Cadillac.

— Et tes amis, qu'est-ce qu'ils disent ?

— Je n'ai vu personne ce matin.

— Et Philippe Montadori ?

— Celui-là, je ne veux même pas que tu prononces son nom !

— Oh, Sandro ! Ne sois pas jaloux, s'il te plaît !

— Je ne suis pas jaloux », dit Sandro.

Il était midi passé quand ils arrivèrent à la grille de la villa Montadori. L'allée était encombrée de voitures et ils durent laisser la Cadillac assez loin de l'entrée. Le jardin était vide, mais Jean Cinti et Charles Diusti les attendaient sur le perron et ils les conduisirent jusqu'au petit salon où se trouvait Philippe Montadori. D'un geste, il congédia les deux hommes et Sandro et Adriana restèrent seuls avec lui.

« Tu t'es fait des ennemis, Sandro, dit Philippe Montadori. Et la balade de ce matin n'a pas arrangé les choses.

— Mais vous aviez dit…

— Tais-toi, Adriana. Pas un mot, s'il te plaît, dit Sandro. C'était une erreur, monsieur, reprit-il plus doucement, en s'adressant à Philippe Montadori. J'ai voulu faire plaisir à ma femme.

— Tu as beaucoup de gens contre toi, maintenant.

— Je sais, monsieur. On ne peut pas empêcher les gens de parler.

— Si, on peut, mais il est trop tard désormais et le mieux serait que tu quittes la ville.

— Je sais, monsieur. J'y ai pensé, mais je ne vois pas bien comment faire.

— Écoute, Sandro, si mon oncle t'a dit ce que tu sais sur son lit de mort, ce n'est pas pour rien. Ma tante et moi avons pensé qu'il te revenait quelque chose. J'ai préparé de l'argent. Une belle somme. Et nous te donnons la Cadillac. Tu en feras ce que tu voudras. Mais le mieux maintenant, c'est que tu t'en ailles.

— Et les funérailles ?

— Inutile d'y assister. Nous nous arrangerons.

— Mais Monsieur Jean voulait la Cadillac à son enterrement ! dit Adriana.

— Tout ce folklore n'a aucune importance et il n'avait qu'à se taire s'il voulait que rien ne change. Pars, Sandro. Il est plus que temps.

— Je pars avec lui », dit Adriana.

Pour le déjeuner des funérailles, la table avait été dressée dans le salon de réception. Les volets étaient fermés, les rideaux tirés, deux lustres en cristal éclairaient la pièce. Une vingtaine de convives étaient attendus. Des lys avaient été disposés dans de grands vases. L'air était suffocant et exhalait une odeur entêtante où se mêlaient le parfum des fleurs et celui de la cire. Le vin décantait dans des carafes alignées sur la crédence. Antonia vérifia que rien ne manquait, disposa les fruits dans des coupes et les meringues craquelées, d'un blanc doré, qu'elle venait d'apporter dans de grands plats ronds. Elle les couvrit d'un voile de tulle. Elle enleva la chaise qu'avait l'habitude d'occuper Jean Montadori, où aurait dû s'asseoir son neveu Philippe, et la remplaça par une autre. Elle passa le plat de la main pour arranger un faux pli de la nappe blanche damassée qu'elle avait repassée elle-même et vit, près du pied de la table, quelque chose qui brillait. Elle se baissa et reconnut les boucles d'oreilles que la signora Marcella croyait avoir égarées. Elle les mit dans sa poche, se redressa et, avant de quitter la pièce, elle éteignit les lumières. Elle resta un moment sur le seuil et, se laissant aller à la rêverie et au contentement de soi, elle contempla les vagues reflets d'or des cabochons, des miroirs anciens et des verres de cristal, qui brillaient dans l'obscurité. Elle poussa un soupir de soulagement. Tout était en ordre.

Le même jour, à l'extrême sud de l'île, la foule se pressait sur les quais, pour voir la Cadillac, posée par une grue, sur le pont d'un cargo, en partance pour l'Italie. On resta longtemps à admirer cette voiture américaine, qui était apparue à tous comme un monstre fascinant, dont on ne pouvait détacher les yeux. Quand le navire quitta le port, la Cadillac parut s'être transformée en une proue triomphante et guerrière, qui fendait les flots et dominait la mer. Personne n'avait fait attention à Sandro et à Adriana. On ne sut même pas s'ils avaient embarqué.

Quelques mois plus tard, en plein cœur de l'hiver, Philippe Montadori fit dire une messe à la mémoire d'Adriana et de Sandro Riucci.

À ceux qui s'en étonnaient, il répondit qu'il avait rêvé que les âmes réclamaient le repos et à ceux qui lui opposaient qu'ils n'étaient peut-être pas morts, il dit : « Pour nous, ils le sont désormais. » On reconnut dans l'inflexion de sa voix l'accent autoritaire du vieux

Montadori, qui n'admettait pas de réplique ; on s'y soumit, pressentant que la disparition de Sandro et Adriana Riucci répondait à des raisons obscures ou à un arrangement.

Comme Sandro n'avait pas de parents, que ses amis n'en parlaient plus jamais et qu'il en allait de même pour Adriana, on finit par les oublier.

De la Cadillac, il restait une photographie que Franck Monterossi avait fait encadrer parce que le modèle était devenu introuvable. Il l'avait offerte à Philippe Montadori, qui l'avait beaucoup remercié, mais avait dit que cela remuait en lui trop de souvenirs ; il s'en voulait d'avoir confié la voiture que son oncle aimait tant, non pas à lui, mais à Sandro Riucci. Il préférait qu'il garde la photographie. Franck Monterossi comprit qu'il était en disgrâce. Et de fait, Philippe Montadori éloigna de lui tous les amis de Sandro ou ceux qui le lui rappelaient.

Marie, aux yeux de lézard, se survécut assez pour voir le malheur et la maladie frapper Philippe Montadori et le dévorer lentement. Le jour qu'elle mourut, elle savait que sa vengeance était accomplie et l'ingratitude des Montadori, punie.

Antonia et Francesca, les vieilles domestiques de Jean Montadori, étaient allées à ses funérailles et avaient présenté leurs condoléances à Franck Monterossi, le neveu de la défunte.

À la sortie de la messe, Francesca demanda à voix basse à Antonia : « Crois-tu qu'ils sont vivants ?

— Oui », dit Antonia, dans un souffle.

Achevé d'imprimer
sur Roto-Page
par l'Imprimerie Floch
à Mayenne, le 19 décembre 2008.
Dépôt légal : décembre 2008.
1er dépôt légal : septembre 2008.
Numéro d'imprimeur : 72764.

ISBN 978-2-07-012279-0 / Imprimé en France.

167079